泉ゆたか

講談社

目次

捨て子 5
そろばん馬 57
婿さま猫 99
禿げ兎 153
手放す 201

装幀　アルビレオ
装画　おとないちあき

お江戸けもの医　毛玉堂

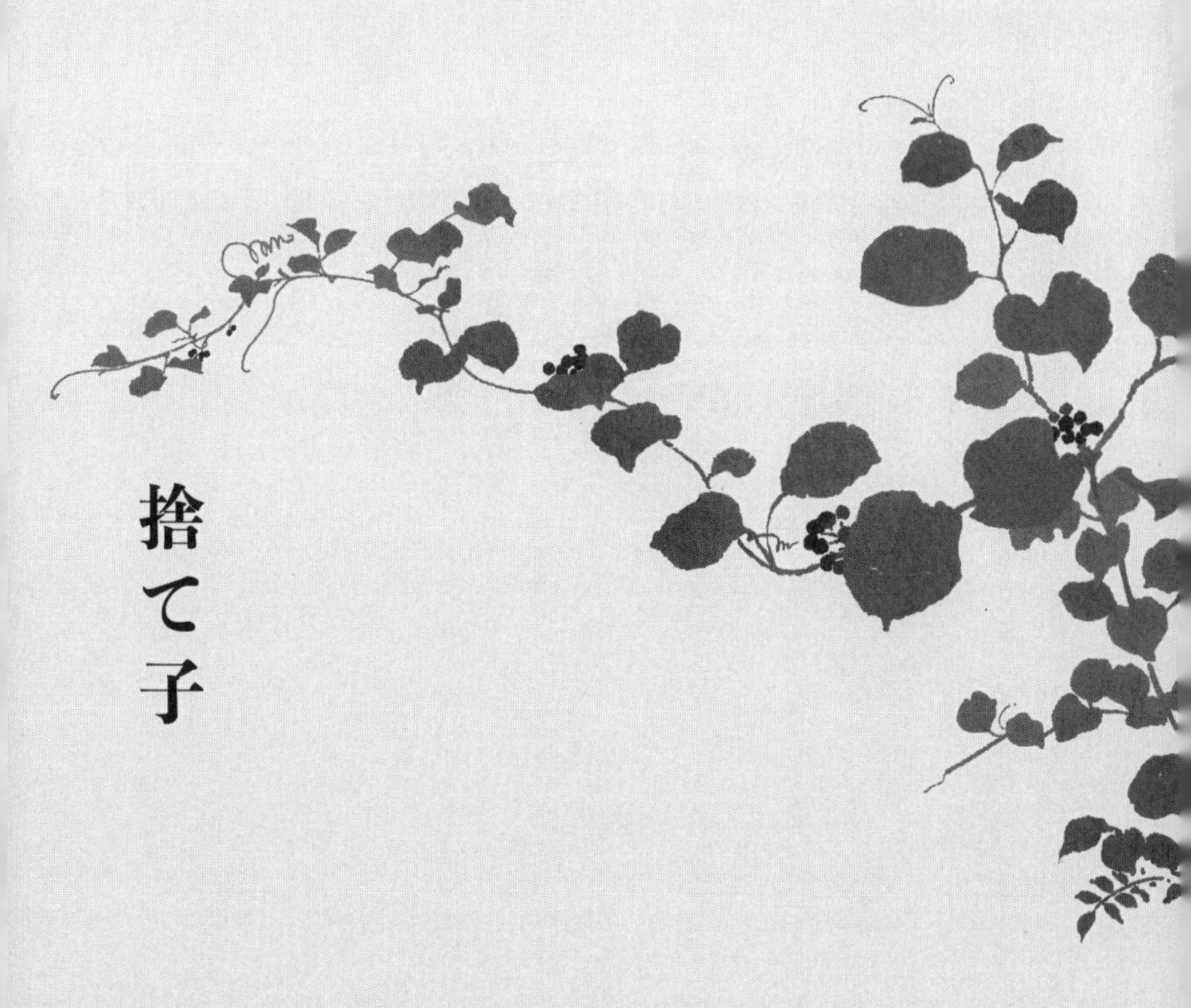

捨て子

一

「よしよし、わかった、わかった。お外に行きましょうね」

美津(みつ)は勢い良く雨戸を開けた。

軒下で朝露が弾(はじ)け、陽の光が部屋に差し込む。

白太郎(しろたろう)、黒太郎(くろたろう)、茶太郎(ちゃたろう)、の三匹の犬が、縺(もつ)れ合って庭に駆け出した。犬たちの毛並みが金色(こんじき)に輝き、砂利が跳ねる音が響く。

「まあ、なんていいお天気」

美津は空を仰いだ。

軒から覗(のぞ)くのは、雲一つなく晴れ渡った青空だ。風に揺れる庭木の緑も、眩(まぶ)しいほど濃く見える。

待ちに待った梅雨明けだ。この日差しからすると、昼にはかなり暑くなりそうだ。

「みんな、朝の涼しいうちに、いっぱい走り回っておいでね」

美津は犬たちの後ろ姿に声を掛けた。

こんな日は《毛玉堂(けだまどう)》に、暑気に当てられた動物が運び込まれることがある。

動物は人よりも暑さ寒さに強いと思われがちだ。しかし、毛皮で覆われているのだから、寒さならまだしも暑さに強いはずがない。

彼らは身体の異変を訴える言葉を持たない。

ほんの少し前まで平然としているように見えたものが、いきなり気を失う。

暑さに倒れた動物には、とにかく身体を冷やすことが肝心だ。冷たい水にざぶんと浸けて、身体の芯に溜まっている熱を取り去ってやらなくてはいけない。

美津は庭の隅、縁が欠けた大きな今戸焼の水瓶に眼を遣った。

朝ご飯が終わったら、早速井戸と家とを行ったり来たりして、水瓶がいっぱいになるまで水を汲んでこなくては。

「凌雲さん、おはようございます。いい朝ですよ」

部屋を振り返った。

夫の吉田凌雲が「うーん」と呻き声を上げて、掻巻を頭から被った。

凌雲の身体の上には、キジトラ猫のマネキが鎮座している。脚を腹に折り込んだ香箱のような恰好だ。マネキは耳を伏せて目を固く閉じ、狸寝入りを決め込んでいた。

「もうとっくにお日さまが上がっていますよ。凌雲さんもマネキも、諦めてお支度をしてくださいな」

美津は両腕を腰に当てた。と、横を白太郎が猛然と駆け抜けた。

「わかった、わかったぞ。白太郎。やめろ」

白太郎の巨体に飛び付かれて、さすがの凌雲も閉口した様子だ。毛むくじゃらの顔を押し退けるように撫でまわしながら、渋々起き上がった。

マネキの姿はもうどこにもない。目にも留まらぬ速さで、ぱっと退散してしまったのだろう。

「白太郎、ありがとうね」

美津が声を掛けると、白太郎が鼻を鳴らし、小首を傾げた。と、今度は一目散に美津に向かって飛び付いてきた。

「こらこら、やめてちょうだい」

白太郎は千切れんばかりに尾を振りながら、大きな舌で美津の顔中を舐め回そうとする。

どうにかこうにか押し留め、掌で大きな背をぽんと叩く。

美津は白太郎の瞳を覗き込んだ。動物の顔に表情はない。それでも目と目が合うと、確かに胸に響くものがあった。

「はい、気を静めて。いい子いい子」

美津は白太郎の大きな頭を抱え込んで、顔の周りの毛を丹念に整えてやった。

白太郎の首元の毛が薄くなっている。傷はきれいに治っているが、毛並みはそのままだ。

ふと、白太郎の不憫な身の上が胸を過る。

今から一年半ほど前、冬の話だ。

あの頃の凌雲は寝たり起きたり、ただその時を生き永らえるだけの日々だった。まだ毛玉堂の仕事も始めていなかった頃だ。

小雪のちらつく夜、白太郎はこの家の庭先に捨てられていた。

近所の犬が迷い込んだわけではないと、一目でわかった。白太郎はクチナシの生垣に、固く結んだ荒縄で繋がれていたのだ。

肌が赤く爛れて傷が膿み、ところどころ毛が抜け落ちていた。大きな身体のわりに手足は痩せて、長い間狭くて暗いところに閉じ込められていたと窺えた。

美津が撫でてやろうとしても、牙を剝いて威嚇した。凌雲が咳払いをするだけで、怯えて甲高く吠えたてた。

美津は幼い頃から筋金入りの動物好きだ。生家の八百屋の店先では、いつだって拾ってきた犬猫が数匹、店番に付き合っていた。

人を信じることができず怯えきった白太郎の胸の内に、深く同情した。ならばこの子をどうにかして馴らしてみせると、気迫が漲った。

木箱を使って、白太郎がすぐに逃げ込むことができる隠れ場所を作ってやった。腹が減っては気が立つかと、毎度、食べきれないほどの量の餌を与えた。

それなのに白太郎は、餌の器を差し出す美津の手にまで鬼の形相で嚙み付いてきた。

ある晩、美津は薬箱の前で己の傷の手当てをしていた。

手の甲がざっくりと切れて、手拭いに血の染みが広がっていた。

嚙まれたそのときはさほど感じなかった痛みが、しばらくすると心ノ臓の拍動に合わせてずきずきと襲ってくる。

さすがに気が萎れかけていた。あの子がそんなに私のことを嫌いなら、もう顔を見せないほうがいいのかしら、なんて、気弱な言葉のひとつも呟きたい心持ちだった。

そこへふと、これまで黙って見ていた凌雲が現れた。

「お美津、見せてみろ。治してやろう」

自負に満ちた言葉に、呆気（あっけ）に取られた。

「傷口はしっかり水で洗え。血を絞って奥の汚れまでちゃんと落とさなくては、いくら薬を塗り込んでもかえって咎（とが）めるだけだ」

これまでの魂を取られてしまったような顔つきが、嘘のようだった。

小石川養生所（こいしかわようじょうしょ）で評判の名医であったという姿が、初めてはっきりと目の前に浮かび上がった。

「獣（けもの）のことを学んでみるか。犬公方（いぬくぼう）の頃に、犬医者が書き遺した書物があるはずだ」

美津の手に晒布（さらしぬの）を巻きながら、凌雲は誰にともなく呟いた。

白太郎の乱暴者ぶりは、それからもしばらく続いた。

しかし、凌雲は動じることはなかった。

近所のよく人馴れした犬を借りてきて、白太郎の眼の端でべたべたに甘やかして可愛がった。

身体を撫でておやつをやって、一緒に駆け回る。たまに振り返って「白太郎、お前もこっちへおいで。遊ぼうよ」と声をかける。

餌をやるときは、毎度笑顔で名を呼んで、軽やかな足取りで近づいた。

凌雲に命じられたままに、そんなことを大真面目にやった。

あれやこれやと試しているうちに、気付くと白太郎の鼻先に刻まれた皺（しわ）が薄くなっていた。

ある朝美津が庭へ出ると、すぐ後ろに白太郎がいた。

尾を振っていた。

ひょいと手を伸ばすと、白太郎は素直に頭を差し出して目を細めた。

一たび身体に触れたその日から、白太郎は賢く情の深い忠犬に変わった。

怒り狂う形相の奥に、これほど素直な心根を隠していたのか。そう知ると、うちで飼うのは無理だ、と投げ出さなくてよかったと心から思った。

嬉しい変化は、しかし予想もしていなかったものを呼び寄せた。

どんな噂が駆け巡ったのか、立て続けに庭先に犬猫が放り込まれるようになったのだ。

この家ならば、行き場のない動物をいくらでも喜んで引き受けてくれる。そんな何とも都合の良いことを思われたのだろう。

小さくて見た目が愛らしい仔犬や仔猫は、美津が幼馴染の家を奔走して、どうにか貰い手を見つけた。しかし、大きく育っていつまでも行き場が見つからない動物は、この家で面倒を見るしかない。黒太郎、茶太郎も、白太郎と同じ居残り組だ。

美津は動物たちに、答えはなくとも心を込めて声を掛けた。折に触れて、しつこいくらい身体を撫でてやった。毎日毛並みを梳った。餌の残飯はわざわざ湯に潜らせて塩気を抜いた。

こちらが手を掛けてやった分だけ、動物の瞳には気力が漲った。

だがそうは言っても、美津には腑に落ちないところもある。

前の飼い主が、今の壮健な白太郎の姿にほっと気を楽にする姿を想像する。いい家に貰われてよかったね、と心で呟く誰かの影。そんなの私は決して納得が行かない、と息が詰まった。

胸に苦いものが広がりそうなところで、背筋をしゃんと伸ばして凌雲を振り返る。

「お着替えは、衣桁に吊るしてありますよ。いえいえ、それは私の寝間着です。凌雲さんの着物は、そっちの奥の……」

「ああ、わかった。わかったぞ」

凌雲が無精髭の浮かぶ顎を撫でた。いつの間にか戻ってきたマネキが、凌雲の脛に己の顎を擦り付けながらうろついている。

着替えを手に取った凌雲が、ろくに検分もせずに着物を羽織ろうとする。

「あらまあ、凌雲さん、それじゃあ裏返しですよ。ちょっと待ってください、私がお手伝いしますからね」

駆け寄ったところで、凌雲がさりげなく一歩身を引いた。美津の手が、着物に触れるか触れないかというところだ。

凌雲は黙って頷いた。美津にぷいと背を向ける。

「あら、すみません」

美津は急に鼻白んだ心持ちで、差し伸ばしかけていた手を止めた。

ああ、またお節介を焼き過ぎてしまった。

美津は己の額をぴしゃりと叩きたい気分になった。

「さあ、そろそろ飼い主さんがいらっしゃいますよ。今日も一日忙しくなりそうですね」

慌てて付け元気の明るい声を張り上げた。

江戸の人々は総じて皆、動物を好む。

犬公方と呼ばれる五代将軍徳川綱吉公の治世では、「生類憐みの令」という動物を殺した者は死罪になる物騒なお触れがあった。当時は、万が一にも動物を死なせてしまっては一大事だと、かえって犬猫に近寄ることさえ恐れたという。

しかし明和も五年となると、そんなお触れはとっくに昔話だ。

皆、気に入った動物を譲り受け、名をつけては撫でて、頬擦りをして慈しむ。

飼い主にとって動物は我が子そのものだ。身体の具合が悪そうに見えれば、人と同じように医者にかからせたいと思う。

人の医者でも、金さえ貰えれば動物を診ないことはない。しかし、大抵いい顔はされない。いくら情を注いでいようとも、動物はあくまでも動物だ。

そんなわけで、谷中感応寺(やなかかんのうじ)の境内(けいだい)、笠森稲荷(かさもりいなり)に通じる道沿いに立ったこの家には、もこもこした毛玉のような動物を抱いた飼い主たちが、ひっきりなしにやってくる。いつの間にか周りから《けもの医者の毛玉堂》という屋号を付けられた。

人の医者だって、やってみたいと手を挙げれば、そのときから医者と名乗れるご時世だ。ましてや動物の医者となれば胡散臭(うさんくさ)さを通り越して、あくどさを感じるほどの藪医者ばかりだ。

かつては小石川の名医であったという凌雲の噂を聞きつけて、今では江戸中から入れ替わり立ち替わり多くの飼い主が訪れていた。

「おいで白太郎、薬草を取りに行きましょう」

美津は庭の隅にある三畳ほどの畑に向かった。

この家の庭では、季節の薬草を常に幾種か育てている。オオバコ、ドクダミ、スイカズラにアマチャ。生垣のクチナシだって、栗金団(くりきんとん)や沢庵漬けの色付けだけではなく、痛み止めの薬を作るために重宝する。

雑草の芽を抜き、土の状態を検分した。長く続いた雨のお陰で、しっとりと水を含んでいる。

「おうい、お美津ちゃん！　いるかい？　いるよね？」

クチナシの木の向こうから、若い娘の声が聞こえた。

二

生垣の隙間から滑り込んできたのは、幼馴染の仙（せん）だ。

切れ長の瞳に、常に半開きの小さな唇。折れそうに華奢（きゃしゃ）なのに、羽二重餅（はぶたえもち）のようにふんわりと柔らかい白肌。

慣れ親しんだ美津の目から見ても、惚れ惚れするような別嬪（べっぴん）だ。仙が現れただけで、その場に眩（まばゆ）い光が降り注ぐような気がした。

「凌雲先生、おはようございます。良いお天気でございますね。今日は夕刻からとても大事な用事がございますので、朝のうちに、おミケの薬をいただきに参りましたわ」

仙は身体をくねらせて、しなを作った。

笠森稲荷の境内にある水茶屋《鍵屋（かぎや）》の看板娘である仙は、浅草寺（せんそうじ）奥山の楊枝屋（ようじや）《柳屋（やなぎや）》の藤（ふじ）、二十軒茶屋（にじっけんぢゃや）の水茶屋《蔦屋（つたや）》の芳（よし）と並んで、江戸の三美人と称される美貌の持ち主だ。

少女の時分から目鼻立ちの整った娘だった。だが、笠森稲荷一帯の地主で三百石の旗本である倉地（くらち）家の跡取り息子、政之助（まさのすけ）と恋仲になってからは、類（たぐ）い希（まれ）な美しさに一層艶っぽさが増してきた。

先ほどのとても大事な用事とは、きっと政之助との逢引きに違いない。

「ああ、お仙ちゃん、おはよう！　ほらほら、凌雲さん。早速、飼い主さんがいらっしゃいましたよ」

凌雲は帯を締めながら「うむ」と一声唸（うな）って、奥の部屋へ消えた。

「凌雲先生は相変わらずの朝寝坊だねえ。こりゃお美津ちゃんが、ちょっと甘やかしすぎだよ。いくら惚れ込んだ男だからって、夫婦になったら話は別さ。もっとぎりっと亭主の手綱を締めてやらなくちゃ」

仙が流し目を向けた。幼い頃からのお喋り友達、お互いの恋衣はすべて知った仲だ。

遠縁の美津と凌雲が初めて出会ったのは、美津が八つ、凌雲が十三の頃だ。

幼い美津は、凌雲と顔を合わせたその場で、いずれはこの人のところへ嫁ぐと聞かされて面喰らった。

通り一遍の挨拶を終えると、凌雲はさっさと縁側へ出て、ひとり書物を広げ始めた。

「この子は、学問が好きでたまらないのですよ」

凌雲の母は、息子の非礼を詫びる様子もなく目を細めた。

「そりゃ、たいへんご立派なことで」

美津の生まれ育った八百屋よりも、一回りも二回りも大きな屋敷だ。凌雲の父は偉い学者の先生だと聞かされていた。娘を嫁がせるのに、これほど良いご縁はないだろう。

顔に作り笑いを貼り付けて幾度も頷く己の母の姿に、胸に苦いものが広がった。

美津は、涼しい顔をして書物に没頭する凌雲に、ちらりと恨みがましい眼を向けた。

そのとき、凌雲が顔を上げた。名を呼ばれたように不思議そうな顔をしていた。

美津が慌てて眼を逸らす前に、凌雲はふっと微笑み、書物を畳んで立ち上がった。

「お美津、お外を案内しましょうか」

幼子に話しかけるような口調で誘われて、ぎこちない足取りで庭へ出た。

眠気を覚えるような、暖かい陽の差す春の日だった。庭の花水木の桃色の花の間を、虻が羽音を唸らせて飛び交っていた。

お天道さまの下で見ると、凌雲は端正な顔立ちに馬のような穏やかな目をしていた。

「私は幼い頃、とても身体が弱かったのです」

十三の凌雲は、己の青白い手の甲をそっと袖の奥に隠した。

「両親は幾度も私の死を覚悟したと聞きました。ですがそのたびに、小石川のお医者の先生に命を救っていただきました」

凌雲は空を真っすぐに見上げた。

女のように細いうなじに、首の骨が浮かんだ。

「私は、私たち家族は、どれほどお医者の先生に助けていただいたかわかりません。私はあの先生方のように、人々を幸せにしたいのです」

凌雲は小脇に携えた難しそうな書物を、誇らしげに抱え直した。

「それはつまり、凌雲さんは、大きくなったら、立派なお医者になるのですね？」

美津はつたない口調ながら、前のめりに訊いた。

たいへんな人に嫁ぐことになってしまったと思った。

凌雲のように賢そうな話し方をする少年など、美津の周囲にはどこにもいない。

「そうです。私はこれからたくさんのことを学んで、皆を救う医者になりたいのです」

真っすぐにこちらを見返してくる瞳に、心ノ臓を鷲掴みにされたような気がした。

それからしばらくは、ぼんやり呆けたように過ごした。

近場の男坊主なんてもちろんのこと、江戸で大人気の役者でさえ、己の心の中の凌雲に比べるとくすんで見えた。いずれはあんな立派な人を側で支えることができるなんて、私はなんて幸せな娘だろうと思った。

ところが親同士の約束は、凌雲が数年の学びを経て小石川養生所で医者として働き出したあたりで、危うい雲行きを見せ始めた。

幾度も半死半生の人の命を救った凌雲は、瞬く間に評判の名医と崇め立てられ始めたのだ。

そろそろ嫁入りを……と、折に触れて美津の母が伺(うかが)いを立てた。しかし、息子からはろくに返事がないと、凌雲の両親も困惑した様子だった。

父の口からそれとなく他所(よそ)への縁の話が出たときには、胸が潰(つぶ)れるような心持ちがした。しかし美津は、ただ一度だけ顔を合わせた日の凌雲を信じて待ち続けた。

凌雲に嫁ぐことができないなら、一生独り身で生きようとまで思いを決めた。

そんなある日、凌雲が急に小石川を辞めたと知らされた。

かつて祖父母の隠居先だった谷中感応寺の小さな家に籠(こも)って、日がな一日寝たり起きたり。人相まで変わって、腑抜(ふぬ)けたように過ごしているらしい。

美津は既に十八になっていた。両親を説き伏せて、凌雲のところに飛んで行った。

温かい食事を作って部屋を片付け、あれこれ世話を焼いてやった。凌雲が生家から連れて出た老猫のマネキのことも、心から可愛がった。

当初の凌雲は、美津が話しかけてもろくに答えないくらい憔悴(しょうすい)していた。しかし、帰ってくれと言われたことは一度もない。ということは、私はここにいてもいいということだ、とわざと大らかに振る舞った。

仙には、押しかけ女房とはこのことだとからかわれた。まったくもってそのとおりだ。

一緒に暮らし始めた頃のことを思い出すと、ようやく凌雲と何の気なしの会話を交わせるようになった今この時は、夢のようだった。

「もしかしてあんたたち、ようやく朝寝坊のわけがあったってのかい？」

仙が含み笑いを浮かべた。

「ちょ、ちょっと、お仙ちゃん！」

美津は思わず声を上げた。

「おや？　その様子だと、今でも、まだ……」

「お仙ちゃん、やめてよ」

美津は大きく左右に首を振った。眩暈（めまい）がしそうなくらい頬が火照（ほて）っている。

男の集う水茶屋を若い頃から切り盛りしているだけあって、お仙の言葉はどうも明け透けでならない。

「凌雲先生は、相変わらず犬猫と一緒に寝ているのかい？」

仙が少し真面目な声色で聞いた。

「そうよ。三匹の犬に一匹の猫。毎晩、ひからびた団子みたいにがっしりくっついて寝ているわ」

美津は肩を竦（すく）めた。

「お美津ちゃんが入り込む隙（すき）は、どこにもないってことか……」

仙がうーんと唸って難しい顔をした。

「入り込む隙、だなんて。いやらしい言い方はやめて。私は今のままで幸せよ」

「お美津ちゃん、嘘をお言いよ。一つ屋根の下に暮らしている夫婦が、手も握り合ったことがないなんて。そんないやらしい話がどこに……」

仙はまだまだ引き下がらない。

「お仙、待たせたな」

凌雲が奥の部屋から巾着袋を持って現れた。

仙は「おっと」と口元に指先を当てた。素知らぬ顔で身を正す。

「凌雲先生、本当にありがとうございます。父も母も、おミケが十四にもなって壮健で長生きをしているのは、ひとえに凌雲先生のおかげだと常々……」

「このところ、おミケはどんな調子だ？」

凌雲はお仙の早口を遮(さえぎ)った。

「はあ、相変わらず、のんびり過ごしております。先生からいただいた気付け薬をときどき飲むようになってから、明らかに豊かな顔つきになりました。昨日も父にわざわざ細かく切ってもらった鯵の刺身を、嬉しそうに平らげました。父とおミケは一番の仲良しですからねえ」

凌雲が仏頂面をして両腕を前で組んだ。

美津は、はっとして割って入る。

「お仙ちゃん、おミケは昨日、何をどのくらい食べたの？　それと、眠りや起きている様子にいつもと変わったところはあった？」

美津は一言一言、丁寧に訊いた。

飼い主の話には、必ず己の思い込みが入っている。

先の仙の話からすると、「のんびり」「豊かな」「仲良し」「嬉しそうに」――。どれもミケがほんとうにそう感じているかは、わかりようがない。

「えっとね、昨日一日で、鯵の刺身を丸々一匹分食べたよ」

仙が人差し指を顎に当てた。空に眼を巡らせる。

「それはいつもの食事の量より多い？　少ない？」

「同じくらいだね。多くも少なくもないよ」

「続けてくれ」

凌雲が目で頷いた。

「眠る時もいつもと同じ……。ああでも、昼間はいつもよりおとなしかったかもしれないね。昨日の夕方は鼠（ねずみ）を捕りに行くことはなくて、身体を舐めてばかりいたよ。凌雲先生、おミケは何か重い病気なんでしょうかねえ？」

仙は急に憂慮したように、上目遣いで凌雲を見た。

「それだけでは判じることはできない。しばらく様子を見てくれ」

「はあ、わかりました」

仙が、なんだ、と気を削がれたような顔をした。

「だが、この時季の猫は毛が抜けやすい。おミケは胃が弱い。毛づくろいの毛が胃に溜まると苦しいはずだ。気付け薬のほかに、日に一度はこれを与えてやるといい」

凌雲は懐に手を入れ、巾着袋をもう一つ差し出した。

「エノコログサの葉を丸めたものだ」

仙が巾着袋を開いた。中身をざっと掌に出す。とげとげした草の形が残った緑色の丸薬だ。

「へえ、エノコログサなんかで、おミケの胃が楽になるのかねえ……」

仙は丸薬を指でつまんで、しげしげと眺めた。

エノコログサは年中道端に生えている雑草だ。仔犬の尾のような丸っこい穂をつける。

わざわざエノコログサだなどと種明かしをしなければ、十分ありがたい秘薬に見えるのに。

美津は小さくため息をついた。

凌雲はどれほど薬を増やしても、床屋と同じ三十文程度の銭しか受け取らない。

猫のマネキは己で鼠を捕りに出かけてくれるから良いにしても、三匹の大きな犬と二人の大人の喰い扶持には、いつもぎりぎりの毎日だ。自ずと頭が痛くなってくる。

「凌雲先生、ありがとうございます。おミケに会いにいつでも《鍵屋》にいらしてくださいませね。おミケだけじゃなく、選りすぐりの可愛い娘たちも、凌雲先生をお待ちしておりますわ」

「お仙ちゃんったら！」

美津は頬を膨らませた。

「ごめん、ごめん。口が滑ったよ」

仙がぺろっと舌を出す。

「お美津ちゃん、大丈夫。凌雲先生はあんたに惚れているさ。だってご覧よ、私を見たって顔色一つ変えやしない。そんな男、そうそういやしないよ」

仙は美津の耳元に口を寄せて、心根の図太そうなことを言い放った。

三

「お美津ちゃん、いるかい？　いるよね？　いておくれよ？」

昨日の今日だ。生垣の向こうから飛んできた声に、美津は凌雲と顔を見合わせた。

いつもの仙の威勢の良い口調とはどこか違う。取り繕った余所行きの声のようにも聞こえる。

「おミケに、何かあったのでしょうか？」

美津は箸を置いた。

卓袱台の上には豆腐の味噌汁に旬のきゅうりの浅漬け、塩をきかせて固く結んだ握り飯の朝ご飯が並んでいる。

「エノコログサとは、ネコジャラシとも呼ばれている草だ。ネコジャラシを齧って身体を壊す猫など、聞いたことがない」

凌雲は箸を運びながら淡々と答えた。

「お仙ちゃん、そんなところに立ったままでどうしたの？　早く入っておいでよ？」

美津は腰を浮かせた。

「ああ、ありがとうね。今日は、玄関先からお庭に回らせてもらうよ」

面倒臭がりの仙は、いつもなら生垣の隙間から身を捩るようにして庭に入り込んでくるはずだ。わざわざ毛玉堂にやってくる飼い主と同じように玄関先から回り込むなんて、水臭い。

これはいよいよ様子が変だ。

首を捻っていたところで、薄柿色の矢鱈縞（やたらじま）姿の仙が現れた。いつもの水茶屋での姿より襟（えり）を抜き気味に着付けてあるので、白いうなじが目立つ。朝からこんな艶っぽい格好をしているなんて。いったい早くから、どこに行ってきたのだろう。

「お二人とも、おはようございます。今日はいつにも増していい朝でございますね」

仙は美津とは目を合わさずに、先に卓袱台の前の凌雲に頭を下げた。

「あれっ？　お仙ちゃん、その子はどこの子？」

美津は目を瞠（みは）った。

男の子が仙の袖（そで）を握っていた。頭をぐるりと一周剃（そ）り上げた奴頭（やっこあたま）だ。

口元がへの字になっていて今にも泣き出しそうだ。だが栗鼠（りす）のように黒目がちの目は、なかなか賢そうに真っすぐ前を見ている。

男の子はびくりと身を震わせた。まだまだ幼くて、人見知りが過ぎるのだろう。

あらかわいい、と美津は頬を緩（ゆる）めかけた。と、男の子は急に顔を上げた。

「おいらは、善次（ぜんじ）ってんだよ！」

怒ったような大声だ。口元が固く一文字に結ばれている。

「まあまあ、威勢がいいこと」と口に出しそうになって、慌ててやめる。緊張し切った子供をからかっては可哀想だ。

「はい、ちゃんと名乗れたね。じゃあ凌雲先生、お美津ちゃん。善次のことをこれからどうぞよろしくお頼み申しますよ」

「お仙ちゃん、よろしく、っていったい何のこと？」

美津は素っ頓狂な声を上げた。

「よろしくっていったら、よろしくだよ。この子は親に捨てられて行き場がない、可哀想な子なのさ。白太郎、黒太郎、茶太郎みたく、大事に可愛がってやっておくれね。善次、この家の人はほんとうに面倒見が良いから安心しておいで」

仙の言い草にむっとした。

「こらっ、お仙ちゃん。そんないい加減な飼い主みたいなことを言ったら駄目。何があったか、ちゃんと話してちょうだい」

美津は少し怖い顔で仙に詰め寄った。

「ああもう、そんなのわかっているよ。今のは、ほんの冗談さ。お美津ちゃんは、まったく生真面目なんだから。ほらほら、ちょっと耳を貸しておくれ」

仙が手招きした。

「政さんだよ。政さんのお願いさ」

声を潜めて囁く。

「えっ？　政さんって、お仙ちゃんの恋人の政之助さんのこと？」

美津が訊き返すと、仙は大きく頷いた。

「それってまさか。この子は政之助さんの……」

善次の顔をまじまじと眺める。浅黒い顔に青っ洟の跡がついた、どこにでもいる元気いっぱいの悪戯坊主だ。旗本倉地家の跡取り息子、政之助の隠し子らしい気品があるのかないのか。美津にはどうもよくわからない。

「ちょっとお美津ちゃん、そりゃ話が飛び過ぎだよ！　そんなわけないさ。政さんは心底私に惚れこんでいるんだよ？　他で子を作るなんて。決して決して、そんなはずはないよ！」

仙が乱暴にかぶりを振った。

「じゃあどうして政之助さんは、急にこんな小さな子を預かることになったの？　どこかでご縁がなけりゃ、そんな無茶な話にはならないでしょう？」

「政さんはきっとお上から、捨て子を育ててくれる家を探すように頼まれているだけさ。昔から〝縁の切れ目は子で繋ぐ〟っていうだろう？　清いお二人にぴったりかと、わざわざこの家に連れて来てあげたんだよ。嫌だってんなら結構さ。他をあたるよ」

仙は雑な口調で言い放つ。政之助の不実を疑われてかなり臍を曲げた様子だ。

「何よ、その憎まれ口は。お仙ちゃんも政之助さんも、人の迷惑も考えずに滅茶苦茶だわ」

美津も釣られて唇を尖らせた。直後にはっと口元を押さえる。

善次が小さな目をしばしばさせて、二人の話を聞いていた。

「坊や、ごめんね。迷惑ってのは違うことよ」

仙との会話の中で、覚えずして庭先に犬猫を捨てる飼い主への苛立ちを思い出してしまった。

美津は申し訳ない心持ちで、善次の頭をそっと撫でた。

「そ、そうだよ。ぜんぜん違うこと。私たちが大人げなかったよ」

仙も急にしゅんとした様子だ。

「坊やじゃないよ、善次だよ。おいらは善次さ！」

善次が虚勢を張るようにがなり立てた。

「そうね、善次ね」

頷いて、もう一度頭を撫でた。奴頭の剃り跡がざりざりと指先に刺さった。

「おい坊主、顔を見せてみろ」

振り返ると、縁側廊下で凌雲が腕組みをしていた。

凌雲は裸足(はだし)のまま庭に下りた。飛び石を跳ねて近づいてくる。

善次の顔を覗き込む。あかんべをするように両瞼(りょうまぶた)をちょいと下ろしてから、口の中に人差し指を突っ込んで歯を検分した。

善次はされるがままになりながら、美津に縋(すが)るような目を向けた。

「七つか八つというところだな。壮健そのものだ」

「八つだよ！　どうしてわかったんだい？　すごいや！」

善次が飛び上がった。目を丸くする。自ずと口元まで緩んで子供らしい顔つきになった。

「お前は犬猫が好きか？」

凌雲が静かに訊いた。奴頭に掌を置く。

「うんっ！　どっちも好きだよ！　動物はぜんぶ好きさ！」

善次が迷いのない声で答えた。

「そうか。なら次から返事は〝はい〟と答えろ。たった今から、お前は毛玉堂の見習いだ」

「凌雲さん、ちょっと待ってください。捨て犬を育てるみたいに簡単な話じゃ……」

美津は思わず割って入った。庭先の三匹の犬にぐるりと眼を向ける。三匹が代わる代わる尾を振った。

「ああ、助かった。さすが、お心優しい名医の凌雲先生！　政さんは大喜びですわ」

仙が小躍りして手を叩いた。

「そうだ、お美津ちゃん。お土産に上等な梨を持ってきたんだよ。時季には少し早いけれど、みんなで美味しく食べておくれね」

仙は大きく膨らんだ風呂敷包みを、美津に押し付けた。

「もう、お仙ちゃんったら……」

きっとお仙目当てで《鍵屋》に来る客からの貰い物だろう。風呂敷包み越しに、ちょっとした西瓜くらい大きな梨がごろごろと入っているとわかった。

「善次、朝飯は喰ったのか？」

凌雲が小声で囁いた。

四

「お美津、ちょっと来てくれ。善次には絵心があるぞ」

凌雲のいつになく弾んだ声に呼ばれた。

凌雲の古い着物を解いて、善次の寝間着を縫っていたところだ。美津は手を止めて庭に面した部屋に向かった。

「今度は黒太郎を描いてみろ。そうだ。うまいものだなあ」

善次は机に向かって筆をさらさらと動かしながら、誇らしげに口を結んでいた。

背後から手元を覗き込む凌雲の顔は、真剣そのものだ。

「できましたっ！」

善次が黒太郎の横顔を描いた絵を差し出すと、凌雲は絵柄をしげしげと眺めた。筆の流れを再現してみようとするかのように、黒太郎の輪郭を人差し指で辿って確かめている。

凌雲は昨今の江戸で流行りの錦絵なぞには、一切の関心を持たない男だ。それが犬の絵となればここまで熱中するものかと、美津は苦笑いを浮かべた。

凌雲の背中越しにひょいと覗いてみると、確かになかなかの腕前だ。

「まあ、器用なものねえ」

美津は明るい声を上げた。

黒太郎のまばらな髭や折れた耳、鼻先の白い斑までも、流れるような一本の線でそっくり写し取っている。顔の向こうにある耳は薄く、手前の耳は濃く太い線で描いている手法など、まるで売り物のようだ。

「善次、あんたこんな玄人はだしな技、いったいどこで……」

言いかけたところで、「凌雲先生、お頼み申します」と、涙混じりの女の声が聞こえた。

庭に目を遣る。痩せた若い女が力ない顔をして、ゆっくりと頭を下げた。

夏草柄の小袖はずいぶん上等なものだ。しかし髪は乱れておくれ毛が飛び出していた。胸元には赤ん坊の使うようなおくるみを、ひしと抱いている。

「凌雲先生、飼い主さんですよ」

美津は小声で耳打ちした。凌雲の手から犬の絵を手早く奪い取る。

「今日はどうされましたか？」

犬の絵を袂に押し込んで、穏やかな声で訊いた。

憔悴しきった女の風貌からすると、かなり重篤な相談に違いない。

「うちのコタロウが、もう三日も何も喰いません。息は荒くて辛そうで、目も開きっぱなしです。もう私の姿も見えていないようなのです。これ以上苦しむのはコタロウがかわいそうです。凌雲先生にお導きをいただけないかと思い……」

女は切々と訴えた。おくるみに顔を埋めるようにしてむせび泣く。

気配を察した善次が、美津に言われる前に絵の道具を片付けた。

「顔を見せてくれ」

凌雲は縁側へ出た。

女がおくるみをそっと開いた。痩せ細って子猿のようになった犬が現れた。女の言葉どおりに、荒い息をして瞳を半開きにしている。

茶色い毛並みは白っぽくなり、鼻は乾いて瞳は紺色だ。だらりと力なく伸びる舌の色も、赤みがほとんどない。

「コタロウは十を過ぎているか？」

凌雲の問いかけに、女は涙を堪えて頷いた。

「はい、この夏で十二になりました」

「文句のつけようのない長生きだ。この家の犬たちもあやかりたいほどだな」

凌雲は庭で昼寝をする犬たちを見回した。

「私はコタロウをこれ以上は苦しませたくないのです。コタロウを楽にしてやりたいのです。聞くところによると、犬医者は、けものを楽に死なせる薬をお持ちだと……」

善次が凌雲にちらりと強張(こわば)った眼を向けた。

「コタロウは、どうやって過ごしている？」

凌雲はコタロウをじっと見つめた。

「先ほど、もう三日も何も食べていないというお話は伺いました。この様子だと動き回ることもありませんね。眠るときはどうでしょう？　夜はどのように眠っているのでしょうか？」

美津は凌雲の言葉を補った。

「ずっと薄目を開いているので、眠っているか起きているかはわかりません。でも、夜は私の寝床で一晩中ずっと抱いて寝てやっております。何もしてやれなくてごめんね、と声を掛けながら、日がな一日泣き暮らしております」

「……コタロウの様子を聞いているのだがな」

凌雲がぼそっと低い声で呟いた。

「ふだんから、コタロウを寝床で抱いて寝ていたのですか？」

美津は慌てて前のめりに割り込んだ。

「いいえ。いつもコタロウが寝るときは、勝手口の土間に繋いでいました。ですが今の弱ったコタロウを、あんなところに放っておくわけにはいきません」

女はコタロウのおくるみを直した。

「コタロウは十二年も生きた。きっとその土間の寝床が、よほど身体に合っていたのだろう」

凌雲がコタロウの頭をそっと撫でた。

コタロウが苦しそうに、くわっと息を吐く。歯は抜け落ちてほとんどない。

「凌雲先生はこんな姿のコタロウを、土間にひとりぼっちで寝かせておくほうが良いって言うんですか？」

女が急に険しい顔をした。

「いや、ひとりぼっちにしろとは言っていない。コタロウのために何かしてやりたいなら、あんたがコタロウに合わせて、一緒に土間で寝てやってはどうだ？」

「……私が土間に寝る、ですって？」

女が、あんぐりと口を開けた。

「生き物が死ぬのはすべて天命だ。私は、コタロウのように長生きをしたならば、最後までいつもと変わらない形で見送るのが良いと思う。あんたもよく喰いよく笑い、コタロウが元気だったころのままに過ごしてやってはどうだ？」

凌雲はコタロウの生気のない瞳に向かって、目を細めた。

「いつものように過ごすなんてこと、できやしませんよ。私はコタロウが死ぬのが辛くて辛くて、胸が引き裂かれそうです。食事も喉(のど)を通らず、ろくに眠ることもできず、ただ一日中、ひたすら涙を振り絞って、どうにかこうにか生き永らえているんです」

「もう楽になりたいのは、コタロウじゃなくてあんたのほうだな」

凌雲は女の顔をぐっと見据えた。

「極楽往生できる薬なんて、そんな都合のよい話はどこにもありゃしないさ。いかさまのほら話だよ。死ぬときはみんな、死ぬほど苦しんで死ぬものって決まっているんだ」

「そんな……」

女はぎょっと後ずさりして、凌雲を睨み付ける。

「私、これでおいとましますっ」

女はコタロウのおくるみを抱え直すと、一目散に走り去っていった。

「凌雲さん、あんな弱っている人にそんな怖い言い方をしなくても……」

美津が思わず文句を言うと、凌雲は、

「コタロウはほんとうに良い犬だな」

と、低い声で呟いた。

五

「わあ！　白、黒、茶太郎に、マネキもいるよ！」

善次が目を瞠った。すっかり暗くなった部屋で、板の間に茣蓙を敷いているところだ。

「お美津さん、この家では、毎晩犬猫と一緒に寝るんですか？」

善次は白太郎に顔を無茶苦茶に舐められて、少々腰が引けた顔をしている。

「なんだ、嫌ならひとりぼっちで台所の土間で寝るか？　お化けが出ても泣きつくなよ」

凌雲は月明かりの下で、分厚い書物を捲っている。

書物から眼を離さずに、マネキの背を流れるような手つきで撫でた。足元では黒太郎、茶太郎が、伏せの姿勢で寝たふりをしながら、こちらに耳だけを向けている。

「……お化け」

善次の顔が引きつった。

「凌雲さん、子供をからかわないでやってくださいな。善次、お化けなんて嘘っぱちよ。今夜からみんなで一緒に賑（にぎ）やかに寝ようね」

優しく諭してやったが、善次の顔つきは晴れない。美津の肩ごしに台所のあたりを不安げに見つめている。

美津は凌雲をちらりと睨んでから、

「じゃあ、私と一緒に台所を見に行きましょう。何にもいないってわかれば、きっとぐっすり眠れるわ」

と善次の背を押した。

「そうだ、そうだ。それが良い」

凌雲は上の空で呟いた。マネキが「にゃあ」と鳴いて身を起こすと、凌雲の顎に己の頬をひしと寄せた。

善次を脇にぴたりとくっつけて、暗い廊下を歩く。

「ほら、ごらんなさい。お化けなんていないさ」

善次の肩を抱く。薄暗い台所をぐるりと見回した。

玄関先のように整った台所だ。己の掃除の腕前に改めて惚れ惚れする。

美津は整理整頓が大の得意だ。他の家なら何かと汚れやすい台所でさえ塵（ちり）一つない。加えてマネキが目を光らせているので、夜中に鼠が走り回って鍋を引っ繰り返すなんてこともない。

「……はい、わかりました」

か細い声には、美津に気を使っている様子がありありとわかる。

美津は眉を下げて微笑んだ。

「怖がらなくても平気よ。もしもお化けが出たら、私が、えいっ、て追っ払うわ」

ずいぶん頼もしい言葉だ、と思いながら美津は胸を張った。拳を握ってみせる。

「お美津さんが、えいっ、て追っ払うんですか？」

善次はくすっと笑った。

「そうよ。任せておいて」

美津は善次の頬を親指でちょいと撫でた。

仙に押し切られるように、この家で善次の面倒を見ることになってしまった。

さすがに最初は、無茶を言うなとむっとした。だが美津は、動物と同じくらい子供が大好きだ。

こんな幼い子供が行き場がないと聞けば、居ても立っても居られない。悪いけれど他を当たってちょうだい、なんて断り文句を言えるはずがなかった。

「縁の切れ目は子で繋ぐ」なんて言った仙の意地悪ではないが、やはり子供がいると家の中が暖かくなる。昼間だって、凌雲と善次が犬の絵ではしゃいでいる光景には、思わず相好を崩してしまう和(なご)やかな気配があった。

「そうだ、凌雲先生に内緒でいいものをあげる」

美津は台所の竹籠の中をごそごそと探った。仙からもらった梨を取り出す。

まだ季節には少し早いが、形はほれぼれするほど真ん丸に整っている。上等なものだろう。きっとこの梨をくれた客は、仙にかなり惚れ込んでいるに違いない。

夕飯の後に凌雲にも出してやろうと思っていて、すっかり忘れていた。

水瓶の水でちょっと洗って、菜切り包丁で薄く皮を剝いた。庭の葉蘭(はらん)を洗った急ごしらえの皿の上に二切れ置いた。

「兎だ……」

善次はぱちぱちと瞬きをすると、口を半開きにした。

皮に切り込みを入れて、兎の耳を象(かたど)った梨だ。

「そうよ、兎さん。可愛いでしょう? 犬や猫だってできるのよ。きっと象や駱駝(らくだ)や麒麟(きりん)だって作ってあげるわ。これから毎晩ちょっとずつ食べましょうね」

駱駝の耳ってのはどんなものだったかしら、と思いながら美津は笑いかけた。

「うわあ、すごいや! こんなかわいい梨、食べるのがもったいないよ!」

善次は前歯の抜けた顔に満面の笑みを浮かべた。

六

「おやすみ」と言い合って四半刻も過ぎると、凌雲と犬たちの高いびきが始まった。

細く開けた雨戸の隙間から、マネキが狩りに出かけて行った。

マネキは毎晩家人が寝静まると、このあたり一帯の縄張りを見回りに行く。得意の狩りで腹を満たして、明け方には部屋に戻っている。

「善次、眠れる？　子守歌を歌ってあげましょうか？」

美津が声をかけると、善次は大きく首を横に振って、素早く掻巻を頭からかぶった。

可愛らしい仕草に思わず頰が綻ぶ。

「今日は、いろんなことが起きて疲れたでしょう？　ぐっすりお眠りなさいね」

「……はい。おやすみなさい」

掻巻の奥からくぐもった声が聞こえた。

しばらく善次の衣擦れの音などに気を配りながら、闇を見つめていた。

ゆっくりと瞼が重くなって、いろんな音がぜんぶ遠くに聞こえていく。

「お化けだっ!!」

金切り声だ。

頭から水をぶっかけられたように驚いた。掻巻を撥ね飛ばして起きる。

部屋はまだ真っ暗闇だ。

「お化けだ！　お化けがいるよう！」

善次が美津の胸に飛び込んできた。我を失った様子で泣きじゃくっている。

「善次、どうしたの？　お化けなんてどこにもいやしないわ」

美津はどうにか平静な声で言った。心ノ臓が破鐘のように鳴っている。

「いるよ！　いるよ！　お化けがいるんだ！」

善次の指さしている方向に顔を向けた。

なんだ、とほっと息を吐いた。

マネキのために開けた雨戸の隙間から、濡れた目と尖った牙、真っ赤に伸びた舌が覗いていた。一瞬ぎょっとするが、はっはっという荒い息遣いは慣れ親しんだものだ。

白太郎が雨戸の隙間からこちらを覗いているのだ。

真っ暗闇で見れば、得体の知れないお化けに見えないこともない。

とはいっても、凌雲の「お化けが出るぞ」という気配りのない冗談が、善次の心に残っていたせいに違いない。

「白太郎、いつの間に外になんて出たの？」

犬たちは眠りが深い。いつもなら凌雲と一緒に朝までぐっすり眠っている。

内側から雨戸を少し大きく開くと、白太郎は一目散に凌雲の脇の下に戻って丸くなった。

凌雲は皆の大騒ぎが何一つ聞こえていない様子で、高いびきだ。

「善次、あれは白太郎よ。白太郎が外から覗いていたのよ」

美津がいくら言い聞かせても、善次はいつまでも泣き止むことはなかった。

七

「そんな騒動が、もう五日も続いてるっていうのかい？　そんなんじゃあ、お美津ちゃんが参っちまうよ。どうりでひどい隈(くま)だよ」

仙は美津の顔をしげしげと眺めた。

縁側から足を投げ出して、美津の入れてやった番茶を啜っている。

「善次、次は茶太郎を描いてみてくれ。できるか？」

「はいっ！　わかりました！」

庭では、蝶々を追いかける茶太郎を、絵の道具を抱えた善次が追いかける。

少し後ろで、凌雲が目を細めて善次を見守っていた。

凌雲は一度寝入ってしまえば、耳元で犬たちが吠え立てたって平気でいびきをかいている。子供の泣き声ぐらいで起きやしない。当の善次も、どうにか宥めすかして厠に連れて行くと、落ち着きを取り戻してすとんと眠ってくれる。

しかし美津は善次が心配でたまらない。

さらに「お化けだっ！」と悲鳴を聞いたときの声に身体が驚いたままで、朝までろくに寝つけない日々が続いていた。

「白太郎、まったくお前は何を考えているんだい？」

仙が白太郎に向かって目を尖らせた。

「いいえ、お仙ちゃん、白太郎だけじゃないのよ。昨日は茶太郎。その前は黒太郎。どうも、三匹の犬が交代で夜中に善次を驚かせているの」

「交代だって？　犬のくせに持ち回りがあるなんて、おかしな話だね」

仙は飼い猫のミケを溺愛するあまり、言葉の端々に覚えずして犬を見下しているところが感じられる。

「日差しが強くなってきたな。私も茶を貰おう」

首に滴る汗を拭いながら、凌雲が縁側に上がってきた。

後ろの善次は、茶太郎の絵ばかり何枚も持っている。犬を正面から描いた絵はどこにもない。すべて同じ横顔だけの構図だ。

「あら善次、あんた絵が好きなのかい？　こりゃ、ほんものの茶太郎より、ずいぶん利口そうに描けているねえ。あの男のだらしない絵とは大ちがいだよ」

仙が善次の絵に目を留めた。

「あの男って、誰の話？」

美津は凌雲の茶の支度をしながら、話に乗った。

「鈴木春信、って絵師を知っているかい？　知らないよねえ。その絵師が私の絵を描きたいっていうんだよ。いくら追っ払っても、毎日のように店先にやって来ては、どうかあんたの絵を描かせてくれ、って拝み倒してくるうるさい男さ」

仙は目を輝かせて、大仰にうんざりした顔をした。

「絵師にまで追い回されるなんて、さすがお仙ちゃんねえ」

「面倒なだけさ」

仙は得意げに言った。

「珍しい手土産の一つでも持ってきたら、考えてやらなくもないのにさあ。気が回らない男だよ」

「手土産っていえば、お仙ちゃん。この間は見事な梨をありがとうね。善次がとっても喜んでいたわ」

急に名前を呼ばれた善次が、叱られたように身を縮めて振り返った。

「ああ、そうかい。ありゃ、かなり上等なものらしいからねえ。そうだ！　今日は、《蛤屋》が私に会いに来るっていうから、すぐまた届けてあげるよ。お疲れのお美津ちゃんのために、福渡しさ」

「わあ、お仙ちゃん、さまさまね」

美津が、ははあっと、おどけて頭を下げると、仙は「いいってことよ」と男の真似をして袖を捲った。

「それはそうと、凌雲先生。一度、犬たちを厳しく叱ってやってくださいな。いくら焼き餅を焼いているからって、夜中に雨戸から覗いてお化けの真似をして、こんないたいけな子供をいじめるのはやめろ、ってね」

仙が急に大人びた口調に戻った。

「何のことだ？」

凌雲は湯呑みを握った手を止めた。

「犬たちが悋気を起こしているんですよ。凌雲先生と寝床で過ごす甘い時を、いきなり現れた子供に邪魔されているってね。だから毎晩、交代でお化けの真似をして善次を驚かすんです」

寝床で過ごす甘い時、だなんて。相変わらず仙はぎょっとするような言い回しを使う。

美津はどぎまぎした心持ちを隠すように、しゃんと背を伸ばした。

「凌雲さん、夜中に善次が怯えて困っているのは本当です。それに私もこのままじゃあ寝不足で身体がもちません。どうにか良い方法はないでしょうか？」

凌雲はきょとんとした顔をした。顎を撫でてしばらく考え込む。

「ここ数日、この家に変わったことはあったか？」

「だから、善次がここで暮らし始めた所為(せい)ですよ。だってお美津ちゃん、善次が来たその夜まで、犬たちが夜中に起き出すことなんて一度もなかったんだろう?」

仙の言葉に頷きかけてから、美津は、はっと部屋の隅で小さくなっている善次に気付いた。

「ちょっと、お仙ちゃん。そもそも誰の頼みで……」

美津が文句を言いかけたところで、凌雲が急に口を開いた。

「動物のやることには必ず理由があるはずだ」

部屋の隅に積み上げられた書物に、思案深げな目を向ける。

「善次が来たことで、犬たちに何かが起きたんだ」

凌雲が善次に近付いた。善次は口の端を下げて凌雲を見上げる。

「そんなしょぼくれた顔をするな。私に任せておけ。きっと今夜はゆっくり眠れるぞ」

凌雲は善次に向かってしっかりと頷いた。

八

「善次、犬たちが夜中にお前を起こすとき、どんな様子だ。詳しく教えてくれ」

夜具を用意し雨戸も閉じ切って、皆で寝ているときと同じ状況を整えた。

部屋の中は真っ暗だ。近所の子供の駆け回る声が、水底にいるように遠くに聞こえる。

「はい。おいらが目を開けると、雨戸の間にこっちを覗く目が……」

善次が雨戸を指さした。

「おっと、忘れていたな。雨戸にはマネキが出入りするための隙間があった」

凌雲が雨戸を少し開いた。暗闇の中に一筋の光が勢いよく差し込んできた。

「何か物音を聞いて目が覚めるのか？」

「物音を聞いた、って覚えはありません。何にもないけれど、ふと目が覚めました」

善次は強張った声で答えた。

「お美津は、隙間から覗いている犬を見つけたら、すぐに雨戸を開けてやるんだな？」

「はい。こうやって広めに開けてやると、犬はまっすぐに凌雲さんのところに飛んで行きます」

美津が雨戸に手を添えて引くと、部屋の中がより一層明るくなった。

「それは毎晩、同じくらいの刻限か？」

「そうです。善次を厠に連れて行ってやって、ようやく眠りについたあたりで、必ず丑(うし)の刻の時鐘(ときのかね)が聞こえます」

「外に出てみよう」

凌雲の後に従(つ)いて、美津と善次は庭に下りた。

凌雲は足元をじっと検分しながら庭を一周する。

部屋の前に戻ってから雨戸の前を行ったり来たりして、隙間から部屋の中を覗き込む。

「お美津ちゃん、お待たせ。いっぱい持ってきたよ！　凌雲先生は、何かわかりましたか？」

呑気(のんき)な声に振り返ると、仙が網にぎっしり詰まった蛤を手に、首を傾げていた。

「いや、まだだ。真っ暗で何も見えないな」

凌雲は首を捻りながら部屋の中を覗き込んでいる。

「わっ、お仙ちゃん、見事な蛤ね！」

美津は仙に駆け寄った。

「貝は足が早いっていうから、すぐにお食べよ。とっても生きがいいから、七輪でちょっと炙るだけで大御馳走だよ」

「ほんとうにありがとうね。いつも気を使ってもらってばっかりで……」

見たこともないほど大きな蛤に、目が釘付けになる。美津は上機嫌で礼を言った。

「気を使ってもらったのは、こっちだよ。ほら、善次、あんたには飴玉をあげるよ。なんだか悪かったねえ」

仙が懐から飴玉をいくつも取り出して、善次の掌に握らせた。

仙に目配せをされて、善次は、はっとしたように顔を伏せた。

「何のこと？」

美津は訊いた。二人の間だけに勘付くものがあるようだ。

「この前あげた梨さ。さっき善次が喜んでいたって聞いて、どんなもんだか私も食べてみよう、って思ったんだよ」

「あっ、えっと……」

仙の言葉に、善次があちらこちらに眼を向けた。

「あの梨がどうかしたの？　私は食べていないけれど、まん丸で形が揃った綺麗な梨だったわ。善次に兎の耳や猫の耳、犬の耳、昨日なんか象の耳を作ってあげたのよね？」

美津は怪訝な気持ちで、善次の様子を窺った。

「あの梨、不味くて食べられたもんじゃあないよ！　顔中が皺だらけになるくらい酸っぱいんだ。あんなものは犬の餌だよ。やっぱり水菓子は季節のものしかいけないねえ」

仙がひどい味を思い出すように顔を顰めた。

「まあ、そうだったの！　じゃあ……」

美津は善次の顔を覗き込んだ。

善次は頬を真っ赤に染めて、唇を結んでいる。

毎晩「凌雲先生には内緒よ」と顔を見合わせて笑った時の善次の姿が、胸に蘇る。

せっかく美津が切ってくれた、かわいい兎や猫や犬の耳をした梨だ。こんなもの酸っぱくて食べられやしないなんて、口が裂けても言えなかったのだろう。

「善次、ごめんね。そんなの気にせずに、教えてくれればよかったのよ」

美津は善次の背をそっと抱いた。

「この子は子供のくせに、ずいぶん気い使いだね。大きくなったら女にモテそうだよ」

仙が優しい目をして言った。

「お美津、私はここしばらく、梨なんて出してもらっていないぞ」

雨戸の隙間に顔を押し当てていた凌雲が、ふいに振り返った。

凌雲の真面目な顔に、美津はぷっと吹き出した。

「善次にたくさん食べさせてやりたかったんですよ。おいしい梨をあげたら、少しは気持ちもほぐれてこの家に慣れてくれるかと思ったんです」

美津は善次を抱いた手に力を込めた。

「そうか、お美津は優しい娘だな」

凌雲はあっさりと頷いて、再び暗闇に目を凝らした。

九

「お美津、起きろ」

低い囁き声にはっと目を開けた。肌が触れるほど近くに凌雲の姿があった。

雨戸の隙間から差す碧い月明かりに、凌雲の切れ長の瞳と薄い唇が浮かびあがっている。

「凌雲さん!?」

美津は己の両肩を素早く抱き締めた。

「静かに。いつも通りにしていろ。このまま動いてはいけないぞ」

凌雲は声を潜めて背後を指さした。犬たちと善次が穏やかな寝息を立てている。

「もうすぐ犬が起き出すぞ。今夜はきっと三匹いっぺんだ」

凌雲の言葉が終わるか終わらないかのうちに、黒い影がむくりと身体を起こした。伸びをするときのぐぐっという小さな唸り声。爪の鳴る音が聞こえる。

影は迷いのない足取りで、雨戸の隙間へ向かった。

月明かりに照らし出されたのは、赤茶色の毛並みに細長い鼻をした茶太郎だ。続いて白太郎、黒太郎が次々と起き出して、茶太郎の背後を歩き回る。

凌雲が美津に眼を向けて、「うむ」と頷いた。

茶太郎はマネキの身体に合わせて細く開けた雨戸の隙間に、鼻先を押し込む。

幾度か身を捩って隙間を広げると、俊敏な足取りで庭へ駆け下りた。白太郎、黒太郎も後に続く。

犬たちが庭の隅に向かっていく爪音。葉蘭がかさかさと鳴る音。続いて、同じところをうろついているような様子。

「あっ、そうだったんですね。犬たちは……」

凌雲は「しっ」と唇を細めてから頷いた。

犬たちが部屋に戻ってくる足取りがわかる。

月明かりが遮られた、と思って顔を上げると、犬の身体の大きさの順に重なった六つの目玉が、雨戸の隙間から部屋の中をじっと覗き込んでいた。

闇に浮かぶ目玉と牙は、確かに気味が悪い。

「みんなどうしたの？　早く中にお入り。今さっき己の鼻先で雨戸を開けたんでしょう？」

もどかしさに黙っていられず、犬たちに声を掛けた。

「お美津、静かに。善次に聞こえるぞ」

その時、善次が大きく寝返りをして「うーん」と寝ぼけた声を出した。

「マネキや、おいで、そっちじゃないよ……」

善次はごろごろ寝返りながらいつのまにか身体を起こした。己の寝言に目覚めた様子で目を擦った。寝ぼけ眼で周囲を見回す。

ぼんやりした眼が雨戸に向いた。善次の喉元から「ひっ」という声が漏れ、口元が悲鳴の形に歪んだ。

「善次、平気だ！　お化けなんて、どこにもいないぞ！」

凌雲がいきなり善次を抱き締めた。

「わわっ！　凌雲先生!?」

善次は大声を上げて腰を抜かした。

凌雲は善次を抱いたまま雨戸に近づき、勢い良く開け放つ。

月明かりが、わっと部屋に差し込んだ。

尾を振った犬たちが、部屋の中へと駆け上がる。凌雲の掻巻に次々に飛び込んだ。

明るくなった部屋の中で、善次は呆然と犬たちを見つめている。

「……凌雲先生の言ったとおりです。お化けなんかじゃなくて、犬たちです」

目を白黒させながらも、目の前の出来事に納得した様子だ。

「善次、お化けが出たのは、お前の気い使いの所為だよ」

凌雲は穏やかな声で言った。

十

「お美津が毎晩少しずつ善次にやっていた梨。お仙が、あれは酸っぱくて喰えたものじゃないと言っていたな。お美津、残った梨はどこへやった？」

凌雲は月明かりの中で訊いた。三匹の犬たちのいびきが響く。

「梨ですか？　もったいないけれど、みんな捨ててしまいました」

「どこへ捨てた？」

「台所で出るゴミはみんな竹籠の残飯入れの中です。明日の朝に犬たちに片付けてもらおうかと……」

美津は台所の土間のあたりを思い浮かべながら、背後を指さした。

不味い梨と聞いたが、うちの犬たちは大層な食いしん坊だ。きっと味なぞ気にせずに、がつがつと食べ尽くすに違いない。

「善次、お前はお美津が切ってくれた梨を、律儀にちゃんと喰っていたな。お美津がわざわざいろんな動物の耳の形に切ってくれた梨だ。どれほど酸っぱくて不味くとも、そのまま放り捨ててしまうのは忍びなかったのだろう。せめて一切れは、己自身で喰わなくては申し訳ないと思った」

善次が顔を伏せた。

美津の心の目に、「食べるのがもったいないないいや！」と言って、葉蘭で梨を包んだ善次の姿が浮かんだ。

最初の日だけは言葉のとおりだったはずだ。しかし次の日からは、美津に気を使ってごまかすのに必死だったに違いない。

「だが、あの梨はとんでもなく不味い。さすがに二切れは無理だと、お前は残った一切れを物欲しそうに見守っていた白太郎にこっそり喰わせてやった。喰い意地の張ったあいつのことだ。不味いなんて贅沢は一言も言わず、一口でぺろりと丸呑みだっただろう」

「……最初にやった白太郎が、すごく美味そうに梨を喰ったんです。だから、毎日かわりばんこに、犬たちに梨をあげました」

善次が項垂れたまま、か細い声で呟いた。

「そうだったのね。寝る前に梨を食べていたから、犬たちは夜中に厠に……」

美津は掌を叩いた。

庭の葉蘭の陰は犬たちの厠だ。汚れたら土をかけて、生垣や薬草の肥料にする。

夜中に庭へ出た犬たちは、迷いなく一斉に厠へ向かっていた。

「そうだ。梨は水分が多い上に、煎じて飲めば浮腫みを取る利尿の薬としても知られている。寝る前に喰った梨の効能が身体に回ったその時に、犬たちは庭に小便に行くために起き出したんだ」

「じゃあ善次が、何の物音も聞いていないのに夜中に目が覚めたのも、私への義理立てをして、寝るまでに梨を一切れ必ず食べていたからですね？」

「そうだ。善次は犬より身体が大きいから膀胱も大きい。尿意を感じるのは犬たちよりも少し遅れてのはずだ。尿が溜まって眠りが浅くなったところに、犬たちが覗いていたせいで雨戸の隙間の光が揺れて、目が覚めたに違いない」

「でもどうして、犬たちはすぐに部屋に戻らないで、雨戸の隙間から部屋の中を覗いていたのですか？　雨戸の隙間を己の鼻先で広げて外に出ることができたのだから、戻るのだって難ないことでしょう？　マネキだって毎晩、物音一つ立てずにすんなりと戻ってきます」

美津は首を捻った。

「犬の目と猫の目は違う」

凌雲が己の目を指さした。

「マネキの目は猫の目だ。夜になると瞳が大きくなって光を取り入れる。人と比べて特段目が良いわけではないが、闇の明かりの濃淡には鋭敏だ。そのおかげでマネキは夜中でも迷うことなく部屋に戻ることができる。だが犬は鼻がとんでもなく優れている分、目は暗がりには弱い。光のあるほうを頼りに進むことはできるが、光から暗がりに向かって進もうとすると怖気づく。雨戸の隙間から差す月明かりを頼りに外に飛び出すことはできても、明るい外から暗い部屋の中に入るには臆病心が出たはずだ。それも、己の身体をくねらせてどうにか通り抜けることができた程度の、逃げ場のない細い隙間だ。慎重に検分するために周囲の匂いを嗅ぎ、中の様子を窺っていたに違いない」

「その姿を、善次はお化けと間違えたんですね！」

美津が頷くと、善次が照れ臭そうに鼻先を指で擦った。

「それにお美津、犬たちは今夜、竹籠の残飯入れから梨を盗み喰いしたはずだぞ」

「盗み喰いですって？　うちの犬たちはそんなことしないはずです。盗み喰いと拾い喰いだけはしないよう、凌雲さんがしっかり躾けていましたよね？　場合によっては命に関わることになるから、と……」

「確かに私が、盗み喰いをするとこっぴどく叱られると習慣づけた。しかし善次が五日の間、かわりばんこに梨をやったことで、『毎晩、この中の誰かが梨をもらえる』という決まりが記憶されたんだ。きっと犬たちにとって今日誰が梨をもらえるかは、大きな楽しみだったに違いない。犬たちは今夜の残飯入れの梨の匂いに気付き、『今日は皆が梨にありつくことができる』と、躊躇いなく我先に喰い付いた。おそらく残飯入れにある他のものには、手をつけていないはずだ」

「おいらのせいだね。凌雲先生がせっかく犬たちを躾けなさったってのに、おいらがぶち壊しちまったんです。凌雲先生、お美津さん、ごめんなさい」

善次が萎れた様子で深々と頭を下げた。

美津と凌雲は顔を見合わせた。

凌雲は居心悪そうな顔で、懐で腕を組み直す。

「ねえ、善次、こっちへいらっしゃい」

美津は善次に両手を差し伸べた。

善次はしばらく困った顔で眉を下げてから、恐る恐るという足取りで近づいてきた。

と、善次の身体に触れたその時に、美津は善次の身体を力いっぱい抱き締めた。固まった背筋を優しく撫でる。

「こんなに小さいのに、私の心を慮（おもんぱか）ってくれるなんて。あんたはとっても優しい子ね」

善次の強張った胸に少しでも沁みるように、ゆっくりと心を込めて言い聞かせた。

「私たちはあんたが大好きよ。あんたは大事なうちの子。どんないい子でもどんな悪い子でも、あんたのことを決して嫌いになったりしないわ。ねえ、凌雲さん、そうですよね？」

美津は凌雲に顔を向けた。

「そ、そうだ。もちろんだ」

凌雲が咳払いをした。幾度も頷く。

いつの間にか部屋に戻っていたマネキが、暗闇の中で「にゃあ」と鳴いた。

「ほら、善次。凌雲先生もマネキも、そう言っているわよ」

善次の身体を離して、そっと顔を覗き込む。

美津を見上げた善次の両目に、みるみるうちに涙が溢れた。

十一

七輪の網の上で蛤の殻が次々に開いた。

湯気が立ち上る。貝の身から溢れ出した汁が、じゅう、と音を立てて煮立った。磯の匂いと醤油の焦げる匂いがふわりと漂う。

「はい、凌雲さん。お次は善次。とっても熱いから、二人とも舌を火傷しないでくださいね」

美津は蛤を菜箸で摘み上げた。胃がきゅっと縮むような、美味そうな匂いだ。覚えずしてごくりと喉が鳴る。

「あちっ。こりゃ熱いぞ。舌を火傷した」

凌雲が顔を顰めた。殻に口を付けて中身の汁を啜ろうとしたのだろう。卓袱台の上に蛤の汁が、ちゃっ、と零れた。

ああなんてもったいない、と心の中で呟く。

「もう、凌雲さん。だから言ったでしょう。慌てちゃいけませんよ」

美津は手早く濡れた手拭いを差し出した。

善次が口元に掌を当てて、くすっと笑いを嚙み殺した。

「お美津、箸を落としてしまった。新しいものを持ってきてくれ」

凌雲は仏頂面だ。

「はいはい。ただいま」

台所へ向かおうとしたその時、庭先に客人の姿を見止めた。

「あら、この間のコタロウの……」

先日、瀕死のコタロウをおくるみに抱いて連れてきた女だ。

「コタロウの様子はどうですか？」と聞こうとして、女の両目が腫れぼったくなっているのに気付いた。よく見ると今日は、おくるみを抱いてはいない。

「このたびは凌雲先生に、お礼に参りました」

女は殊勝な様子で頭を下げた。コタロウを抱いて毛玉堂を飛び出していったときとは、打って変わった姿だ。

「昨晩、コタロウは亡くなりました。とても安らかな死に顔でした」

女は懐から取り出した手拭いを目元に押し当てた。

凌雲はちらっと名残惜し気な様子で焼き蛤を眺めた。それから自棄になったように立ち上がると、女のところへ歩み寄った。

「そうか、大往生だな。あんたもよくやった」

凌雲の言葉に、女は涙を拭いて小さく微笑んだ。

目元は膨れ上がっていたが、先日げっそりこけていた頬には丸みと艶があった。乱れていた髪も、一本のおくれ毛もなくしっかりと結い直されている。

「あれから家に帰って、凌雲先生のお言葉を思い出してみました。私が土間でコタロウと一緒に寝そべるなんて……。あの時は、意地悪を言われて追い返されたような気さえしました。でも夜遅くに真っ暗な部屋でコタロウを見つめていたら、ふと、コタロウが仔犬で、私がまだ幼い子供だった頃を思い出したんです」

「子供の時分は、コタロウと一緒に土間で遊んでいただろう？　ままごとに、毬(まり)遊び……。私も幼い頃は、しょっちゅう犬と土間で過ごしたものだ」

　凌雲は空に眼を向けた。

「はい。片時もコタロウと離れたくなくて、こっそり土間でコタロウと一緒に寝たこともありました。目が覚めると決まって寝床に戻されていて、両親からこっぴどく叱られましたけれど」

　女は遠い日を思い出すような目をして寂しそうに笑った。

「凌雲先生が、コタロウの身体には土間の寝床が合っていたのだろう、とおっしゃった言葉もずっと心に残っていました。だから試しに二人で土間に行ってみたんです」

「ほんとうに、一緒に寝てやったんですか？」

　美津は思わず女の上等そうな着物に眼を巡らせた。

「はい。コタロウが元気だった頃と同じように土間に寝かせてやって、私はその横に茣蓙を敷いて寝ました。それから数日間、寝心地はひどいものだったはずなのに、どうしてだか、ちっとも身体が痛くならないのです」

　女は己の首元をそっと撫でた。

「土間に寝そべって、在りし日と同じように、コタロウにとりとめないお喋りを聞いてもらいました。おっかさんに叱られた話や、友達の噂話、大好きな役者の舞台の話。話しているうちに、次第に私も昔と同じみたいな心持ちになってきたんです」

「……よい時を過ごされましたね」

美津が呟くと、女は洟を啜って笑った。

「そんな夜を幾晩も続けていたところ、昨夜、ふと台所を見回したら、焼き芋が置いてあるのに気付いたんです。昼間に母が出してくれたのに、食べたくないと手を付けなかったんです。でもその時は、なんだかとても美味しそうに見えて、一口だけ齧ってみました。そうしたら……」

女は両目からぽろぽろと涙を零した。

「コタロウは正気になったんですね？」

美津は、もらい泣きの目頭を押さえて訊いた。

「はい。コタロウは己の力で身体を起こしたんです。そうして私の膝に顎を乗せて、くんくん鼻を鳴らして焼き芋をねだるんです。ずっと昔のあの頃と、まったく変わらない様子でね」

「喰わせてやったか？」

凌雲と女は顔を見合わせて笑った。

「はい、もちろんです。コタロウは私の手から焼き芋を一かけら喰いました。その直後、私にぴったりと身を寄せて動かなくなりました。死に顔はまるで笑みを浮かべているようでした。まさにこと切れるその時に、コタロウの口元が震えたんです。きっとあれは、私に最期に『ありがとう』と言っていたんです。他の誰にもわからなくとも、私にだけはわかりますとも。すべて凌雲先生のおかげです。本当にありがとうございます」

女は幾度も頭を下げながら、激しくむせび泣いた。

「凌雲先生は〝名医〟なんですね」

女が去ってから、善次が誇らしげに呟いた。

凌雲の横顔を尊敬の目で見つめる。

「気味の悪い呼び方はやめろ」

凌雲はすっかり冷たくなった蛤の殻を、不満げにちゅっと吸った。

「コタロウは、弱っていたところを、焼き芋を喉に詰まらせて死んだのかもしれないぞ」

凌雲は拗ねた顔つきで言った。

「凌雲さん、ひねくれたことを言うのはやめてくださいな」

美津は窘めた。

「動物が腹で考えていることなんて、決してわかりゃしないさ。ぜんぶ、人の思い込みだ」

凌雲が唇を尖らせた。

「でもあの女の人がコタロウを心底大事に想っていたことは、ほんとうですよ。私はその慈しみの心は、きっとコタロウにも届いていたと思います」

「後の言葉が余計だ。ただのお美津の想像だ」

凌雲がぷいとそっぽを向いた。

「さあさあ、追加の蛤が焼けましたよ。今度は、私も一緒にいただきますからね」

美津が菜箸を手に取ると、凌雲と善次の顔が一気にぱっと華やいだ。

そろばん馬

一

「わあ、相変わらずたくさんの人！　善次、私の手をしっかり握っていてね」

美津が繋いだ掌に力を籠めると、善次が、わかったよ、というようにぎゅっと握り返してきた。

心がほんのりと温かくなって、口元が緩む。

浅草寺の裏手にある奥山は、いつだってとんでもなく混雑している。浅草寺へのお参りの客を当て込んで、たくさんの大道芸人が所狭しと出店を開いているのだ。

紙芝居に、軽業や曲芸。曲毬、曲独楽に、手妻や珍獣。むせ返るような人いきれの中で、そこかしこで芸人の口上と見物客の歓声が聞こえる。

美津は人混みを掻き分けて、どうにかこうにか前に進んだ。美津の胸元ほどの背丈しかない善次は、押し寄せてくる人に埋もれてまったく姿が見えない。

「お美津ちゃん、善次！　こっち、こっちだよ！」

白魚のように形の良い手が、人の頭の間でひらりと揺れた。

途端に皆が一斉に脇にどいて、道ができた。

「お仙」

「お仙だ」

低い囁き声とうっとりと見惚れる眼差しの中を、美津は善次の手を引いてひょいと駆け抜けた。

「いちばんいい席を取っておいたよ」

仙は己の横を得意げに叩いた。三人で座ってもじゅうぶん余裕のある、大きな莫蓙だ。

黒山のような人だかりの中で、一番前の列の真ん真ん中だ。

「いくら何でも、こんなにいい席だとは思わなかったわ。お仙ちゃんにこの席を用意してくれた人は、きっと、かなり朝早くから並んだはずよ？」

美津は目を剝いた。

目の前に古びた木の台が置いてある。ここに口上師が現れるということだろう。

「じゅうぶん、お礼はしといたさ」

仙は唇をちゅっと鳴らして、にやりと笑った。

「始まるぞ！」

鋭い声が聞こえた。慌てて正面を向く。

物陰から若い男が歩み出た。金繻子の袖無羽織を羽織っている。大きなそろばんに紐を通したものを首からぶら下げていた。顔立ちが整った、なかなかの色男だ。

背筋を伸ばして大股で歩く。まるで役者のように堂々たる物腰だ。が、先頭に座った仙の姿を認めたその時だけ、男の唇が好色そうに緩んだ。

男は台の上に立って胸を張った。

「皆さま、本日はようこそお越しくださいました！　これより、昨今のお江戸で大いに評判となっております、〝そろばん馬〟をお見せいたしましょう！」

男の口上に合わせて、裏の藪から老婆に引かれた栗毛色の馬が現れた。

蹄はひび割れて、腹の肉も痩せ始めている。かなりの年寄り馬だと一目でわかった。だが手入れが行き届いた綺麗な姿だ。たてがみと尾っぽの毛に油を塗って、丹念に整えてある。足取りは軽く身体も清潔で、何より瞳に力があった。

老婆は馬を止めて、その首筋を幾度か軽く叩いた。

馬はゆったりと身体を左右に揺らす。ぶるりと鼻を鳴らした。

人いきれが一層むっと熱く感じられた。

「それでは、これより、〝そろばん馬〟が皆さまに算術の才をお見せいたしましょう」

男は高らかな声を上げた。客に背を向けて椅子に腰掛ける。

男の首に掛かったそろばんの珠が、しゃっと鳴る。

「よいか、竹馬。一足すところの一は、いくつだ？　答えてみろ！」

男はもったいぶった様子で訊いた。

竹馬と呼ばれた馬は、男の顔をまじまじと見つめた。

竹馬は蹄を、こつんこつん、と二回鳴らした。

終わりました、とでもいうように「ひひん」と一度鳴く。

「これは見事だ！　正答だ！」

客たちが、わっとどよめいて両手を打ち鳴らした。

投げ銭が一つ、また一つと飛び交う。

「皆さま、お静まりを。これは、まだ序の口でございます」

男は横顔で不敵な笑みを浮かべた。

「竹馬、十五足すところの八は、いくつだ？」

竹馬は男の弾くそろばんが止まる前に、蹄を鳴らし始めた。

きっちり二十三回。竹馬は「ひひん」と鳴いた。

「わあ！　なんて賢いんだろう！　善次、あの馬、きっとあんたよりもずっと物知りだよ」

仙が両拳を振り回した。

「……驚いた。ほんとうに、馬が頭の中のそろばんを弾いているみたいね」

美津は茫然として呟いた。

善次は目を瞠って、口をぽかんと開けている。目の前の光景がまったく信じられない様子だ。

「まだまだ参りますよ。竹馬、二十七足すところの四、掛けるところの二、引くところの三十五、割るところの三はいくつだ！」

男は大仰な動きをつけながら、竹馬の鼻先を指さした。

竹馬は迷う様子は微塵もなく、蹄を鳴らし始めた。

蹄の音は九回。「ひひん」と鳴く。

客がしんと静まり返った。

「ちょっと待て。最後の割るところは、いくつだ？」

商人らしい身なりの男が、懐に入れていたそろばんを弾き出した。

「三だよ」と別のところから声が飛ぶ。

「九だ！　答えは九だ！」

男が顔を真っ赤にして叫んだ。そろばんの目を皆に見せつける。

地鳴りのようなどよめきがあたりを包んだ。

「きゃっ、たいへん」

美津の頭上に、客の投げる銭が雨あられと降り注いできた。

これまでに見たこともないほどたくさんの銭が山のように投げ入れられる。

駆けずり回って麻袋に銭を拾い集める男の顔は、にやけ笑いが止まらない様子だ。

老婆が竹馬の首筋を優しく撫でながら、何事か耳元に囁いているのが見えた。

脇のあたりで善次の「いてっ」という悲鳴が聞こえた。慌てて善次の頭を己の袖で覆ってやる。

「お仙ちゃん、善次、もう退散しましょう」

美津は慌てて懐から銭を取り出すと、めちゃくちゃな方向へ放り投げた。

二

「ああ、今日は楽しかったね。日ごろの面倒臭いことが、きれいさっぱり晴れた気分だよ。善次、あんたもそうだろう？」

仙が大きく伸びをした。

お参りを終えて、参道の甘味屋で葛切りを食べた。出店を覗きながらそぞろ歩きの帰り道だ。

そろそろ日が落ちてくる頃なので、行き交う人の流れも浅草寺とは反対に向かうほうが多くなっている。

「おいらは、お美津さんと凌雲先生にいつだってとっても可愛がってもらってるさ！　面倒くさいことなんて、何もありゃしないよ！」

善次はむきになった顔で答えた。

「善次、気い使いはやめとく約束よ？」

美津は目を細めて窘めた。

「善次、あんたはなかなか賢いね。こっちの罠には掛からないいんだねえ」

仙がしたり顔で笑った。善次の頭を乱暴に撫でる。

「でも、言葉は一丁前でもまだ子供だよ。頬っぺたにこんなに黒蜜をくっつけて。砂埃でべたべただ」

仙が懐から手拭いを出して、善次の顔を拭こうとした。

「やだっ！　やめて！　このまんまがいいんだ！」

善次が駆け足で仙の手から逃れた。

「このまんまって、そんなわけにいかないよ。急に赤ん坊みたいな駄々を捏ねないでおくれよ」

仙がきょとんとした顔で首を傾げた。

「善次、こっちにおいで。黒蜜をそのままにしておいたら、蟻に齧られるわよ」

美津は手招きをした。

その時、「あっ」と善次の動きが止まった。

美津と仙は、善次の眼の先を追って振り返った。

「たいへんだ！　婆さま、大丈夫ですか？」

美津は駆け寄った。

大きな風呂敷包みを背負った老婆が道の真ん中で膝を突いていた。着物の膝小僧あたりが破れて血が滲んでいる。

「平気だよ。ちょっと転んだだけさ」

老婆は恥ずかしそうに顔を伏せる。いそいそと起き上がろうとした。が、やはり痛むようで小さな唸り声を上げる。美津が手を添えてやっても、うまく立ち上がることができない。

「お仙ちゃん、婆さまを向こう側から支えてやって。善次は――」

言いかけて顔を上げると、善次は道にぶちまけられてしまった風呂敷包みの中身を、手際よく拾い集めていた。

「善次、ありがとう。あんたはほんとうに気が利くわ」

頼もしい心持ちで声を掛けた。善次は頬をぽっと染めた。

「はい、婆さま。いちにのさん、で立ち上がりましょう」

美津と仙とで幾度か声を合わせて、助け上げた。だが老婆の顔は苦しそうに歪んでいる。

「これは少し筋を痛めたかもしれませんね。毛玉堂で手当てをしてもらいましょう。私がおぶっていきますよ」

老婆は心底申し訳なさそうに身を縮めた。

「こんな騒ぎになっちまって、情けないよ。今は、八吉が大事なときだってのに……」

老婆はがっくり肩を落とした。

「済まないね」と仙の手を借りて、どうにかこうにか美津の背にしがみ付く。

「これで全てですか？」

善次が掻き集めてきたものを見て、美津と仙は顔を見合わせた。

金ぴかに輝く袖無羽織に、紐の通った大きなそろばん。中身が空っぽになった麻袋には、はっきりと今しがた見覚えがあった。

「婆さまもしかして、〝そろばん馬〟の……」

美津が訊くと、背中の老婆が「そうだよ。竹馬のところの婆だよ」と居心悪そうに答えた。

三

「熱を持っているうちは、湿布をして冷やしてやる。熱が引いてしばらくしたら、今度は布で巻いて温めて血の巡りを良くしてやる。それを心がけて過ごせば、これ以上とがめることはないだろう」

凌雲は老婆の膝小僧の傷を丹念に洗った。真っ赤に腫れた脛に湿布を巻く。

「婆さま、よかったですね。凌雲先生の見立ては間違いありませんよ」

美津は老婆に微笑みかけた。

「へえ、ありがとうございます」

老婆は深々と頭を下げた。

顔を上げてから、ちょいと小首を傾げる。怪訝そうな顔で凌雲をしばらくじっと見つめる。

急に老婆の顔に笑みが広がった。

「おやまあ、やっぱりだ！　小石川にいらっしゃった、凌雲先生でごぜえますね。婆のことを覚えておいでですか？　背中のできものを治していただいた、竹馬の婆でごぜえます。もう三年ほど前になりますかねえ」

老婆が凌雲の顔を覗き込むようにして、身を乗り出した。

凌雲の身体がぐっと強張ったのがわかった。

「……竹馬のことなら覚えている。養生所の前で、婆さんの治療が終わるのをおとなしく待っていたな。病気の子供を喜ばせる、心優しく賢い馬だった」

聞き取れないほどの小声で、言葉を絞り出す。

美津はちらりと凌雲の横顔を窺った。額に汗が滲んでいる。

「さすが凌雲先生。よく覚えておいでです。婆の錆(さ)びついた頭とは大違いでごぜえます」

老婆が両手を叩いて笑った。

「それにしても、こんなところでお会いできるなんて。思いもよらねえことでごぜえました。お絹ちゃんもすっかりお内儀(かみ)さんらしくなって。見違えましたよ」

息が止まった。

身体中からすっと血の気が引く。

「婆さん、勘違いだ。女房の名はお美津だ」

凌雲がぼそっと呟いた。

「え？　私ゃてっきり、凌雲先生はお絹ちゃんと所帯を持ったんだとばかり……」

老婆の言葉が尻つぼみに消えた。

「お美津、婆さんを家まで送ってやれ。用心棒に白太郎を連れて行けよ」

凌雲は急に立ち上がると、部屋の奥に消えてしまった。

「なんだか悪いことを言ったね。婆の頭が呆けていただけさ。忘れておくれよ」

老婆が気まずい顔で呟いた。

「愛想なしですみません。まったく凌雲先生は、いつもこんな調子なんですよ」

美津はその話には触れずに、付け元気で答えた。

〝お絹(きぬ)〟という名が心ノ臓に刃のように刺さる。息が浅くなる。脇の下を冷や汗が伝った。

駆け寄ってきた白太郎の頭に、震える手を置いた。

ゆっくりと長く息を吸って吐く。

「はい、婆さま、背中に乗ってくださいな」

笑顔を作って声を掛けた。

恐縮しきりの老婆をひょいと背負う。下谷(したや)の家を目指して、中山道(なかせんどう)を歩き出した。

「すまないねえ。若い娘さんに背負ってもらうなんて……」

「平気ですよ。私は、とっても力持ちなんです」

足腰が丈夫なことには自負があった。

ふうふう息を切らせながら足取りだけに気を留めていると、先ほどの臆病心が少しずつ落ち着いてきた。

「竹馬が一緒ならば、下谷まで、あっという間に駆け抜けることができましたね」

美津は歩を進めながら、額から吹き出す汗を拭った。富士塚の影が、暗い空に浮かんでいる。

「竹馬は、奥山の近くで借りた蔵にいるんだよ。盗まれないように、って番人まで雇ってね。私はただの荷物持ちさ」

老婆が少し寂しそうに呟いた。

「それは、ここ最近、竹馬がお江戸で有名になってからですか？」

先日、竹馬の算術が読売に取り上げられて撒かれた。それを機に、皆がこぞって〝そろばん馬〟を一目見ようと奥山に押しかけていた。

賑やかで新しいものが好きな美津と仙も、周到に計画を練って今日この日を心待ちにしていた。

「そうだよ。それまでは、竹馬はいつも私と二人で、のんびり暮らしていたよ」

「竹馬は、昔から算術の才があったのですか？」

竹馬の〝そろばん〟の技は本物なのでしょうか？　と聞こうとして、さすがにその言葉は飲み込んだ。

背中で老婆が大きく頷いたのがわかった。

「そうさ。ずっとずうっと昔からね。私は町で物売りをしながら、竹馬を近場の百姓に貸して暮らしていたのさ。死んだ亭主が、生まれたばかりの竹馬を山で譲り受けてきたんだ」

「それじゃあ竹馬は、小さい時からずっと婆さまと暮らしてきたんですね」

老婆が身体を揺らして笑った。

「そうさ。竹馬がちっちゃい赤ん坊の頃から一緒さ。毎晩、仕事を終えて家に帰ると、竹馬に餌をやりに行くんだ。お互いの一日を労ってから竹馬の横に座って、その日の売り上げをそろばんで弾いてみせてやるんだよ」

「そこで竹馬は、そろばんができるようになったんですね」

「竹馬は賢い子だからね。私の手元を毎日じっと見ているうちに、そろばんをすっかり頭の中に覚えちまったんだよ」

　老婆の声が前にも増してしわがれて聞こえた。

「蹄の音で数を数えているのには、いつ気付いたんですか？」

「ほんの偶然だよ。そろばんを弾いているときに、竹馬が足をこつこつやっているのに目が留まったんだ。最初は何をしているのか、まったくわからなかったよ。でも、ふと閃（ひらめ）いて、まさかと思って息を殺して数えてみたら、毎回ぴったり、そろばんの答えのところで止まるのさ」

　老婆は心底仰天した口調で言った。

「見事な技でしたね。加法減法に、乗法除法を自在に使いこなすなんて。私なんて、あの商人ふうのお客さんがそろばんを出して検算をしてくれるまで、答えが合っているかどうか見当がつきませんでした」

　美津は胸中に蘇る光景を思い浮かべた。

「竹馬は天才なんだ。学問嫌いの八吉とは大違いだね、って言い合ったものさ」

「八吉さんというのは？」

「私の孫だよ。大きなそろばんを首から掛けて、竹馬に問いを出す役目をしていた。あんたも見ただろう？」

「ああ、あの、きれいな顔をしたお兄さんですね」

確かに美しい男ではあった。だがこの実直そうな老婆の孫息子にしては、どうもだらしない顔つきが気になったと思い出す。

「そうだよ。八吉は色男なんだ。それに心根も優しいから誰にでも好かれるんだよ。ついこの前、急にうちに戻ってきたところでね。今度、奉公先のお内儀さんに気に入られて、そこの末娘を嫁に迎えることになったってんだよ。婿入りするってわけじゃないけれど、大店の娘を貰うには、こっちにもそれなりの金が必要だっていうからね。今、慌てて金を作ってやっているところさ」

老婆は自慢げに言った。

竹馬を見世物に引っ張り出したのはあの八吉という男だと知って、美津は少し引っかかる心持ちになった。

しかし老婆の口調は明るい。竹馬と離れ離れになることは寂しくとも、孫息子の役に立ってやることが嬉しくてならない様子だ。

人の幸せはそれぞれだ。間違っても口出しをしてはいけないと思う。

「せっかく順調に進んでいたってのに、私が動けなくなったら八吉に迷惑をかけちまうよ」

老婆が美津の背中で、怪我をしたほうの足を悲し気に揺らした。

四

廊下の拭き掃除をする美津の後ろを、どたばたと大騒ぎの足音が駆け抜けていく。

「こらっ！　茶太郎！　マネキを追いかけ回すのは止めなさい」

三匹の犬の中で一番若い茶太郎は、猫のマネキの尻尾を追いかけ回すのが大好きだ。

はじめは暇つぶしに相手をしてくれるマネキも、だんだん茶太郎のしつこさに苛立ってくる。

最後はマネキが、茶太郎の鼻先に鋭い爪をお見舞いする結末が見えきっていた。

と、二人分の足音が茶太郎とマネキを追いかける。

凌雲と、絵筆を握った善次だ。

「善次。今度はマネキだ。尾っぽの先まできちんと描けよ」

凌雲は簞笥の上で毛を逆立てているマネキを、真面目な顔で指さした。

「はいっ！　お任せください！」

さらさらと絵筆を動かす善次も、真剣そのものだ。

「凌雲さんも善次も、また犬猫の絵を描いて遊んでいるんですか？　これまでに犬たちの絵だけでも百は描いていますよ」

美津は息を抜いて微笑んだ。

「凌雲先生、お頼み申します！」

男の声に振り返ると、庭先に人影があった。

役者のように整った顔立ちには見覚えがある。

「あっ、竹馬の……八吉さんですね？」

美津の言葉に八吉は適当に頷いてから、きょろきょろと周囲を見回した。

肌寒い晩秋なのに、薄着で胸元を開けた流行りの着物を着こなしている。髑髏を象った根付はずいぶん粋だ。だが医者に頼みにやってくる装いにしては、少々お洒落が過ぎる。

「何の用だ？」

凌雲がぶっきらぼうな声で訊いた。

八吉は、はっと我に返ったような顔をして、凌雲に頭を下げた。

「〝そろばん馬〟の竹馬の件で、ご相談に参りました」

八吉は慇懃な口調で言った。美津に助けを求めるような眼をちらりと向ける。

「凌雲先生、この間の婆さまの……」

美津が目配せをすると、凌雲は、「うむ」と唇を結んで頷いた。

「竹馬に何か起きたのか？」

「はい、ひどいことになりました！　あの竹馬が、そろばんを一切やらなくなってしまったのであります！」

八吉は芝居がかった口調で叫んだ。

「そろばんをやらなくなった、というのはどういうことだ？」

凌雲が平静な目で八吉を眺める。

「数日前に婆さんが怪我をして足を痛めてから、婆さんには、そろばんを首から掛けて台の上に座って、竹馬に問いを出す役目を頼んでいたんだよ」

　八吉の口調が次第にくだけてきた。

「じゃあ、竹馬の手綱は……」

　美津は八吉に眼を向けた。

「代わりに俺が、手綱を持って人前に引っ張っていくのさ」

　八吉は手綱を強く引く真似をした。

「確かに婆さまは、あの足じゃあしばらくは歩けませんね」

　老婆の齢（よわい）を考えれば、もう少しゆっくり休ませてやってもと思った。だがきっと老婆自身が、八吉のために早く奥山に出るといって聞かなかったのだろう。

「そうしたら、竹馬は最初の問いから大間違いだ。一足す一さえまともにできやしねえ。客たちは大笑いだよ」

「そんな竹馬の姿、信じられません。年寄り馬でしたが目もしっかりしていました」

　美津は凌雲を見上げて、左右に首を振った。

「客に笑われたことで臍を曲げちまったんだろうな。次からは、蹄を鳴らす気配はまったくねえ。いくら婆さんが問いを出しても、その場で立ち竦んだままだよ」

　八吉は忌々しそうに奥歯を噛んだ。

「……婆さま、驚いていたでしょう？」

　美津の心の目に、困り切った顔をした老婆の姿が浮かんだ。

「驚いたなんてもんじゃねえさ。最後のほうは婆さんが泣いて頼んだってのに、あの馬は、ぼけっと馬鹿面で突っ立ってやがる。凌雲先生、俺たちは、一刻も早く竹馬に、元のようにそろばんをやらせなきゃいけねえんだ！　どうか力を貸しておくれよ！」

八吉は拝むように両掌を合わせた。

「竹馬は今、どこにいる？」

凌雲は顎を撫でた。

「へえ、奥山の近くの蔵におります」

八吉は低頭しながら答えた。

「明日の朝、あんたと婆さんと竹馬、皆で奥山に揃ってくれ。見世物に失敗したときと、まったく同じ様子をやってみせてくれ」

「ははっ。どうぞ、よろしくお頼み申し上げますっ！」

八吉は地べたに額を擦りつけるようにした。

「お美津ちゃん、いるかい？　いるよね？」

後ろから聞こえた声に振り返ると、八吉は目を剝いて飛び上がった。

「今日は焼き栗を持ってきたよ。店の若い娘が先に味見をして、頬っぺたが落ちるくらい甘いって請け合ったから安心しておくれ」

風呂敷包みを抱えた仙は、八吉に目を留めると、あからさまに怪訝な顔をした。

「あら、竹馬のところのお兄さん。あんた、凌雲先生に何の用だい？」

仙は眉を片方上げた。

「た、竹馬の件で……。ところであんた、客の中にいたのを覚えているぞ。あんたの名はなんていうんだ？」

八吉が仙ににじり寄った。

仙はゆっくり一度瞬きをした。

美津は「あ、お仙ちゃんが怒った」と心で唱えた。

「《鍵屋》の仙と申します」

仙が低い声で答えた。

「そうか、お仙か……。《鍵屋》ってのは、どこかの水茶屋か？　いや、そんなこたぁいい。あんた、お近づきの印にこれをやるよ。目ん玉が飛び出るくれえ上等なもんだぜ」

八吉は懐から一本の簪(かんざし)を取り出した。

「ほら、受け取ってくれよ。いらなかったら、売っ払って遊びの銭にすりゃいいだろう？」

男は強引に仙の手に簪を押し付けた。真っ赤な顔をして、挨拶もそこそこに駆け出して行く。

「お仙ちゃんは、相変わらずモテるねえ」

美津がからかうと、仙は美しい鼻梁(びりょう)に皺を寄せた。

「あの八吉って男、相当に評判の悪い奴だよ。お客さんから噂を聞いたんだ。手癖が悪くて奉公先を追い出された上に、女にもだらしがないらしいよ。吉原の売れっ子に間夫(まぶ)をやったとかで、しばらく船橋あたりに逃げていたってさ」

「船橋！　だから八吉は、お仙ちゃんの顔を知らなかったのね」

美津はなるほどと頷いた。江戸で暮らす若い男が〝《鍵屋》のお仙〟を知らないなんておかしいと思った。

「この簪だって、どう見てもどっかから盗んできたものだろう？　気味が悪いったらないよ」

仙は簪を汚いもののように指先で抓んだ。

梅や桃の花飾りの付いた品よく可愛らしい簪だ。お金持ちのお嬢さんが使うように上等なものに違いない。

だが絞りの布で作った細やかな飾りはうっすらと黄ばんで、簪部分には髪の脂のあとがあった。

五

竹馬が預けられている蔵は、大川沿いの今戸橋から山谷堀を上って、日本堤を望む地にあった。浅草寺奥山と吉原遊郭のちょうど中ごろに広がる、暗い田畑だ。

堅牢な造りの蔵の入口では、棒切れを持った番人の男がこくりこくりと居眠りをしている。

暗闇の中、蔵の扉が僅かに開いているのに気付く。蔵の内側から行燈の光が漏れていた。

美津は夜道の用心棒に連れてきた白太郎に、「静かにしていてね」と目配せをした。

息を潜めて、扉の隙間から恐る恐る覗き込む。

「誰だい？」

鋭い声に、被っていた黒頭巾を慌てて取り去った。

「婆さま、こんばんは。驚かせてごめんなさい」

「なんだ、凌雲先生のところのお内儀さんか。こんな遅くに何の用だい？　よく、ここがわかったね」

すぐに和やかな声色に変わった。

窓のない蔵の中で小さな行燈に灯を点し、竹馬と老婆が身を寄せ合っていた。

「八吉さんから、婆さまをここに送り届けたと聞きました。婆さまこそ、足が悪いのに蔵に泊まるだなんて、大丈夫ですか？」

真っ赤に腫れた脛を思い出す。

老婆がどれほど落ち込んでいるかと気になって、居ても立ってもいられなくなった。

凌雲に頼んで湿布と塗り薬を作ってもらい、薬を届けに来たのを口実に下谷の家を訪れた。すると家にいたのは八吉ただ一人だった。

「おかげさまで足の痛みは、ほとんどなくなったさ。だから私が八吉に、どうしても、って頼んだんだよ。前みたいにこうやって一緒に過ごせば、竹馬も元に戻ってくれるかも、って思ってね」

老婆が竹馬の鼻先を撫でる。竹馬はうっすらと目を細めた。

「竹馬、あんたいったいどうしちまったんだい？　あんたがそろばんをやってくれないと、八吉が困っちまうんだよ」

老婆は涙声で囁いた。

「竹馬は年寄りの馬です。気分が乗らないこともありましょう。毎日無理して芸をやらせなくても、少しのんびり休ませてはどうですか？　婆さまだって足の怪我をじっくり治そうと思わなくてはいけませんよ」

美津は穏やかな声で窘めた。竹馬の顔を横から覗き込む。

竹馬は黒目がちの瞳で、美津の姿をじっと見つめている。

「そうもいかないんだよ。八吉は今、男として大事なときなんだ。今こそ八吉のためにみんなで力を合わせなきゃいけないのさ。竹馬だって、そんなことくらいじゅうぶんわかってるはずだよ」

老婆は竹馬を愛おしそうに見つめた。

「さっき八吉が言ってたさ。お江戸の奴らは、〝そろばん馬〟なんていかさまだって言っているって。私らが皆を騙（だま）そうと図って失敗したんだ、なんて噂をしているらしいんだよ。八吉のこれからの名誉のためにも、そんなでたらめな話は吹っ飛ばしてやらなくちゃいけないよ。竹馬、そうだろう？」

老婆は心底憤慨した様子で、鼻息を荒くした。

「八吉さんは、急に家に戻ってきたと聞きました。婆さまと顔を合わせるのは久しぶりだったんですか？」

美津の胸に、昼間に仙から聞いた八吉の悪い噂話が過った。

「もう十年ぶりぐらいになるのかもしれないね。あの子が赤ん坊の頃に、両親が相次いで流行りの病で死んだんだ。十五になるまでは私がひとりで面倒を見てやったんだよ。それが奉公先でいっぱい苦労をして真面目に勤め上げて、やっと所帯を持つ一人前の男になった、って育ての親の婆に会いにきてくれたのさ」

老婆は目頭に溜まった涙を親指で拭った。

「……そうですか、良いお孫さんですね」

美津はどうにか相槌を打った。老婆の顔をまっすぐ見ることができない心持ちだ。

「八吉は、この世で一番良い子だよ。あの子のために、私ができることは何でもしてやりたいんだ」

老婆は口元を引き締めて胸を張った。

「ひとつ自慢してもいいかい？　八吉からこれを貰ったのさ。男のくせに趣味がいいだろう？　きっと婆の髪に挿してもみっともなくないようにって、幾度も考えて地味なものを選んでくれたに違いないよ」

老婆は懐から鼈甲（べっこう）の簪を取り出した。

同じ簪でも、昼間に八吉が仙に押し付けたものとは違う。花飾りなどまるでない、老婆の齢に似合った至って地味なつくりの簪だ。

八吉という男は、こうやって渡す相手の年頃に合わせてさまざまな家から簪を盗んできているのだろうか。

美津はぞくりと身の毛がよだつような気がした。

「婆さま、あのね」

思わず口が開いた。

「何だい？」

老婆は簪を大事そうに胸元に押し当てた。まるで一輪の花を抱く乙女のような仕草だ。

竹馬は静かな目をして、ゆっくり左右に揺れている。

「……いや、えっと」

美津は無理に笑みを浮かべた。喉元まで出かけた言葉を飲み込んだ。

「明日、凌雲先生が、きっと竹馬を元に戻してくれますよ」

凌雲の名を聞いて、足元に控えていた白太郎がはたはたと尾を振った。

「そうだ、そうだね。凌雲先生は素晴らしい名医だよ。どんな病気も怪我も、手妻みたくあっという間に治しちまうんだ。小石川の頃からずっとそうさ」

〝小石川〟と聞いて、美津の身が強張った。

凌雲が人の医者として働き、急にその場を去ることになった小石川養生所。そこで何があったのか、これまで凌雲からは一度も聞いていない。

無遠慮に凌雲の胸の内を暴こうとしてはいけない、としっかり誓っていたはずだ。

それなのに今では〝小石川〟と聞くだけで心がひどく乱れる。老婆の口から出た〝お絹〟という名が頭いっぱいに浮かんだ。

「そういえば、小石川の〝お絹さん〟って、そんなに私によく似た女だったんですか？」

さりげなく訊こうとした。しかし喉から飛び出したのは、掠れたひどい声だった。

老婆が急に気まずい顔で、ごりごりと頭を掻いた。

「その話はほんとうに不味かったよ。許しておくれ。この通りだ」

首を垂れる。

「そんな、婆さま。やめてください。人違いなんて誰でもあります。気にすることなんてありませんよ」

美津は老婆を押し留めた。己の言葉に頷きたいのに、胸の奥がふつふつと粟立つ。

「いやいや、人違いは人違いでも、いちばんやっちゃいけないことだ」

老婆は顔を顰めた。己の額をぴしゃりと叩く。

竹馬が、ひひんと鳴いた。

足踏みして床を叩く。老婆に向かって首を伸ばす。

「ああ、竹馬も婆を怒ってるよ。竹馬、わかってるさ。今、ちゃんとお美津さんに謝ったよ」

老婆は顔を上げて竹馬に歩み寄った。

竹馬が老婆の頬に鼻先を押し当てる。

「竹馬、ごめんよ。安心おし。凌雲先生にかかればきっと大丈夫さ。何も憂慮はいらないよ」

老婆は優しい声で囁いて、竹馬のたてがみを撫でた。

六

浅草寺の境内を囲う木々で、雀が朝の囀(さえず)りを交わしている。白い空に浮かぶ五重塔の脇に、そこだけ紅色の雲が見えた。

参道に並んだ見世物小屋や水茶屋の入り口には、まだ簀子(すのこ)が下りている。

昼間は人がぎっしり詰まって、歩くことさえ苦労する浅草寺奥山だ。しかし明け方は、美津たちのほかに人の姿はまったくない。

美津と凌雲に善次と仙。皆が見守る中で、大きなそろばんを首に掛けた老婆が、木の台の上にちょこんと座った。

一呼吸を置いて、後ろの藪から八吉が竹馬の手綱を引いて現れた。

今日の八吉はさすがに強張った顔をしている。だが、ちらっと仙に眼を向けるのは忘れていない。

「竹馬、お願いだよ」

老婆は拝むように手を合わせた。

「婆さん、黙っていろよ。凌雲先生が、いつもと同じにやれって言っただろう」

八吉が鋭い声で叱りつける。

美津の傍らで見守る仙の眉が吊り上がった。

「ああ、悪かったよ。ごめんね。駄目な婆だねえ」

老婆はしょんぼりと肩を落とすが、口元は綻んでいる。

心から八吉が可愛くてならないのだ。美津は何とも言えない心持ちになった。

「皆さま、本日は、ようこそお越しくださいました！　これより、昨今のお江戸で大いに評判となっております、〝そろばん馬〟をお見せいたしましょう！」

八吉は竹馬の手綱を握ったまま、大声でがなり立てた。

竹馬の顔は静かなままだ。八吉に手綱を引かれても横で大声を出されても、特に気にしている様子は見受けられない。

八吉が竹馬の真ん前に腰掛けた老婆に向かって、目で合図をした。

「竹馬、一足す一は？」

老婆が気弱な声で訊いた。

竹馬は濡れた瞳でじっと目の前を見据える。竹馬の尾が女の洗い髪のように優雅に揺れた。

「やっぱり蹄を鳴らそうとしないよ。この間とはまるで違うね」

仙が美津にこっそり耳打ちをした。

「竹馬、じゃあ、七足すところの十八は、どうだい？　このくらいの算術、あんたは今まで難なく解いていただろう？」

老婆は猫撫で声で竹馬に話しかけながら、大きなそろばんを自棄になったように弾いた。

「善次、やってみな。答えはいくつだい？」

仙に小声で訊かれて、善次はしばらく眼を彷徨（さまよ）わせてから、

「二十四だよっ！」

と答えた。

老婆が善次の声に振り返る。

「坊主、惜しいね。二十五だ」

老婆は寂しそうに二十五を示すそろばんの目を掲げてから、がっくりと項垂れた。

「竹馬、どうしちまったんだよ……」

「婆さん、今のところはいつもどおりか？　算術の問で使う数はいつもと同じか？」

凌雲が割って入った。

「いや、婆さんが毎回、違う問いを作ってるよ。毎日のように〝そろばん馬〟を見に来る客もいるから、いつもおんなじ数ってわけにはいかねえさ」

老婆の代わりに八吉が答えた。

「婆さんが……か。お前は、問いを作ることはないのか？」

凌雲は八吉に訊いた。

「俺は昔から学問は、からっきし駄目なんだ。そろばんの弾き方だってろくに覚えちゃいねえよ」

八吉は顔を顰めて吐き捨ててから、ちらりと仙の顔を盗み見た。

「なら、いつも首に下げる大きなそろばんは、ただの飾りだってことだな。お前は竹馬の答えが正しいかどうかをどうやって知る？」

「これまで一度だって、気にしたこたぁねえさ。こんなことになっちまうまで、竹馬は決、し、て、間違えなかったからな」

八吉は再び落ち着きなく仙に眼を向けた。

「そうか、わかった。八吉、こっちへ来い。善次は竹馬の手綱を代わってやれ」

凌雲が八吉を手招きした。

八吉は首を傾げながら、凌雲の前に進み出た。

「八吉、婆さんをおぶってやれ。婆さんを背中に乗せて、ゆっくりそこら中をぐるぐると歩き回るんだ」

「へっ？」

八吉は仰天した顔をした。

「婆さんは八吉の背中の上で竹馬に問いを出し、そろばんを弾く。やってみてくれ」

凌雲は迷いのない声で命じた。

「凌雲先生、そんな変なことをして、ほんとうに竹馬が元に戻るのかい？」

八吉が疑い深そうな顔で訊いた。

「いいから、やれ。早く婆さんを背負うんだ」

凌雲は有無を言わせぬ口調で言い切ると、客の顔でその場にしゃがみ込んだ。

「婆さん、なんだかよくわからねえけど、俺の背中に乗りな」

「八吉、済まないねえ。婆の図体は重いだろうに……。疲れちまったら、すぐに言うんだよ？」

八吉は老婆を背負って、竹馬の前をゆっくり左右にうろうろ歩き始めた。

「じゃあ竹馬、一足す一は？」

老婆が八吉の首に嚙り付いて、不安げな様子で訊いた。

竹馬は蹄をきちりと二回鳴らし、「ひひん」と鳴いた。

「わっ！　竹馬が元に戻ったよ！」

仙が叫び、美津と顔を見合わせた。

「凌雲さん、どうして……」

美津の言葉に、凌雲は「まだだ」というように目で制した。

「八吉、竹馬が戻ったよ！　これで、あんたの嫁取りの話もきっとうまく行くね」

老婆は八吉の背中で両手を打ち鳴らして喜んだ。と、ぐらりと恰好を崩して落っこちそうになる。八吉は慌てて老婆を抱き留めた。

「婆さん、危ねえよ」

八吉は真っ赤な顔で歩を進めながら、顔を綻ばせた。

不摂生の生活が長いせいか、八吉は美津よりもずっとひ弱そうな身体をしている。

骨の太い働き者の老婆を背負って歩くのは、かなりきつい仕事に違いない。

「そら竹馬、続きだよ。十八足す五は？」

老婆は高らかに声を上げた。

竹馬は蹄を鳴らす。二十三回めでぴたりと止めて「ひひん」と鳴いた。

「やった！　竹馬は、もう大丈夫ですね」

美津が笑顔を向けると、凌雲は目を閉じて頷いた。

「凌雲先生！　ありがとうごぜえます！　凌雲先生のおかげで、私らは救われました！」

涙声で叫ぶ老婆を背に乗せて、八吉がよろつく足取りで凌雲に近付いてきた。

八吉は汗まみれで真っ赤な顔をして、全身を揺らして息をしている。

「これから毎回、こうやって婆さんを背負って歩きながら問いを出してやれ。そうすれば竹馬は答えてくれる」

凌雲の言葉に、八吉は苦し気に頷いた。額から珠の汗が幾粒も落ちた。

「先生、竹馬はぜんぶわかっていたのかい？　竹馬は俺の言葉をぜんぶ……」

八吉は縋るような目で凌雲を見上げた。ぜえぜえと苦しそうに息をしている。

「知らん」

凌雲は八吉に背を向けた。

「あんた、何の話をしているんだい？　竹馬の前で、他人に聞かれちゃまずいような話をしたってのかい？」

仙が強い口調で問いかけた。

「お仙さん、そんな怖い顔をしないでおくれよ。八吉はとてもいい子だよ。きっと、竹馬の前で婆の悪口をぽろりと零しちまったのを、ずっと後悔していたんだよねえ？」

八吉の背で、老婆がおろおろと口添えをした。

「……そうだよ。婆さん、ごめんな」

八吉は下唇を噛んで答えてから、真面目な目をして仙に「あとで」と口だけ動かした。

七

「凌雲さん、教えてくださいな。どうやって竹馬を元に戻したんですか？」

縁側でくつろぐ凌雲に番茶を差し出して、美津は訊いた。

仙と善次は、庭で犬たちと荒縄で作ったおもちゃで遊んでいる。

「なに、簡単なことだ。馬の目は、ここについているだろう」

凌雲は己の両のこめかみあたりを指さした。

「草を食む動物は、敵が近づいてこないかを常に広く見回している。だが己の真ん真ん中、後ろと正面の鼻先だけは死角で見ることができないんだ。馬にとって真ん前は、さほど見えている必要がない。獲物を見据えて一目散に襲う肉食の獣とは、そこが違う」

「じゃあ婆さまは竹馬の真ん前の木の台に乗っていたから、竹馬には姿が見えなかったんですね？」

凌雲が頷いた。

「八吉に背負われて婆さんが左右をうろついていれば、竹馬は婆さんの姿を目で捉えることができる。ほんとうは、あれほど八吉が汗まみれになって駆けずり回る必要はないがな。鼻先の真ん前にいなければどこでも平気だ」

「凌雲先生、それってつまりあの婆さまが、いかさまをして竹馬に答えを教えていた、って意味ですか？」

何も聞こえていないような顔をして遊んでいた仙が、急に殺気も露わな様子で割り込んできた。

「あんな善良そうな顔をして客を騙していたなんて。恐ろしい婆さまだよ。出来の悪い孫のためなら、なんだってやるってんだね……」

仙は「おお怖い」と身を震わせる真似をした。

「いや、婆さんはいかさまなぞしていない」

凌雲は番茶を啜った。

「婆さん自身は、ほんとうに竹馬の算術の才を信じているはずだ」

「どういう意味ですか？」

美津は訊いた。

「あの八吉って男は、よほど出来が悪いな。そろばんの使い方さえろくにわかっちゃいない。それで気付いたんだ」

凌雲は己の言葉に頷いた。

「竹馬は問いを出されるたびに、横目で手綱を握る婆さんの顔をじっと窺っていた。婆さんはそろばんが得意だから、問いの答えを知っている。蹄を正しい数だけ鳴らすそのとき、婆さんの目にぐっと力が入ったり、ほっと息を吐いたりする。そんな仕草の一つ一つを見て、竹馬は正しい時に蹄を鳴らすのを止める方法を身に付けたんだ」

「じゃあ、竹馬が頭の中でそろばんをやっていたってのは……」

仙が口元に指先を当てて訊いた。

「そんな力が、馬にあるとは思えない」

凌雲は無下(むげ)に切り捨てた。

「婆さまの代わりに八吉が手綱を握ったら、竹馬が何も答えなかった理由。それは八吉が、簡単な算術ひとつやる気がなかったからなんですね？」

仙が身を乗り出した。

「そうだ。八吉が問いの答えをまともに考えないで、さらに『竹馬は決して間違えない』と信じて、ぼけっとしている。だから竹馬は、手綱を握る八吉の姿を目で捉えていても、いつ蹄を鳴らすのを止めたらよいか見当が付かなかったんだ」

「……そうだったんですね」

八吉の声に、皆一斉に振り返った。

肩を落として萎れた顔をした八吉が、小さく会釈をした。

「種明かしを聞かれたな。これは困ったことになったぞ。こいつはきっと、ろくなことを考えないに決まっている」

凌雲が少しも声を潜める様子もなく、言い放った。

「凌雲先生、婆さんにそのことを黙っていてくれて、ありがとうごぜえます」

八吉が深々と頭を下げた。今にもめそめそと泣き出しそうだ。

凌雲が眉の端だけを動かした。

「婆さんは心から喜んでるんだ。竹馬が元の賢い馬に戻ったって……」

「これで可愛い孫息子のために金を作ってやることもできる、ってな」

凌雲が八吉をぎろりと睨んだ。

「そのことを話しにきたんだよ。お仙さんよ、あんたも聞いてくれ。あんたみたいな別嬪に思い違いをされたまんまじゃ、俺はつれえんだよ」

八吉が懇願するように言った。

仙は冷たい目をして「何が思い違いだか。女たらしの盗人のくせに」と、ぼそっと呟いた。

「お仙ちゃん、そりゃいくら何でも言い過ぎよ」

美津は慌てて仙の脇腹をつついた。

「盗人……か。やっぱりみんなで、そうやって噂していやがるんだな。それにはわけがあるんだよ」

八吉は顔を上げた。

「俺は奉公先で、兄弟子たちにひどい虐めを受けて、盗人の濡れ衣を着せられて追い出されたんだ。俺がきれいな顔をしているって、女将さんに可愛がられているのが気に入らねえってさ。誓って言うが、俺は今まで一度たりとも人の物を盗んじゃいねえよ」

八吉は己の頬を撫でた。

「へえ、そうかい。じゃあ女たらしって噂も、誰かの虐めにあった末なのかい？」

仙が八吉の言葉をちっとも信じていない顔で言った。

「……そっちのほうは、ほんとうだ」

八吉は口元を尖らせて頭を掻いた。

「俺は生まれつきの、女好きの血なんだ。女で間違いを起こしちゃ、皆に追いかけ回されてって暮らしをしていたこともあるさ。でも、俺は今、きっぱりそんな性分からは足を洗おうって決めたんだ。心に決めた女ができたんだ」

「お仙ちゃんのことですか？　いえ、残念だけれど、どんなに奮闘してもお仙ちゃんは八吉さんのものにはならないと思いますよ……？」

美津が口を濁すと、八吉はきょとんとした表情を浮かべた。

「いや、この女とは別だ。俺が命を懸けて惚れこんだのは、吉原の隅っこの河岸で女郎を始めたばかりの、可愛くて心の清い……」

「ちょっと待っとくれ！　この女とは別、ってどういう意味だよ？　人のことを馬鹿にしやがって。あんたの言うことなんてひとつも信じられやしないさ。私にくれたこの簪だって盗んできたものだろう？」

仙が額に青筋を立てて、懐から花飾りのついた簪を取り出した。

いちばん惚れた相手ではないと言われたのが、腹立たしくて堪らない様子だ。八吉なんて洟も引っ掛けないつもりのくせに。

「あっ……」

八吉の顔が急に気まずそうに変わった。

「八吉さん、あなたの話が信じられないのは私もです。婆さまにあげたって鼈甲の簪、あれは八吉さんが買い求めたものじゃありませんね？」

美津は畳みかけた。

八吉はしばらく眼を泳がせてから小さく頷いた。

「やっぱり女にはわかっちまうんだなあ。あんたにあげたその簪も、婆さんにやった簪も、かつて良い仲になった女郎が、私を忘れないでおくれ、って俺にくれたものさ」

「女郎さんの持ち物だったから鼈甲の簪なんですね！　あんなに地味な簪、いったいどこで買ったのかと……」

美津は声を上げた。

老婆が大事に持っていた鼈甲の簪は、年頃の町娘は決して手に取らないような、地味で渋いつくりだ。

八吉が年寄りのところに盗みに入っている姿を想像して、ぞっとしていた。だが吉原の女郎と聞けば話はわかる。

吉原の女郎、それも位の高い花魁と呼ばれる女は、何よりも毒気を含んだ粋を大事にする。可愛らしい花柄の髪飾りの代わりに、男物かと見まがうほどに武骨な鼈甲の簪を十本以上も頭に挿して、わざと襟元から覗く白いうなじの艶っぽさを際立てる。

「俺が心底惚れこんだ女は、吉原っていっても上等な花魁とは程遠いや。河岸で客を取っているくらいだから大した女郎じゃねえさ。でも身の上が泣かせるんだよ。裕福で幸せに暮らしていた商人の家に、ある日盗賊が入って、何もかも根こそぎ持っていかれちまってね。家族のためにって、泣く泣くその娘が女郎になるって決めたんだ」

八吉は吉原のほうの空を愛おし気に眺めた。

「盗賊が入って、吉原で働くことに……」

呟いた善次に、仙が慌てて「あんたは聞かなくていいよ。大人の話だからね」と耳打ちした。

「その人を身請けするために、お金が必要だったんですね？」

美津は少し話がわかった心持ちだ。

「そうさ。あの娘を一日でも早く、吉原から助け出してやらなきゃいけねえんだ。でも婆さんに吉原の女郎の話なんてしたら、引っ繰り返っちまうだろう？　婆さんは俺を、今でもちっちゃな赤ん坊だと思ってやがるんだ。女郎を買ったなんて、とてもじゃねえが言えねえよ。だから大店の末娘との縁談があるなんて、出まかせを並べたのさ」

八吉はちょっとむくれて言った。

「お前は竹馬を相手に、己の浮かれた恋心を喋っていたんだな。だから、馬は人の言葉がわかるのか、なんて聞いたのか」

凌雲が湯呑みを握り直した。

「そうさ。竹馬は、俺が婆さんを騙しているってわかって、腹を立てていたのかと思ったんだ。だから婆さんが俺に背負われて嬉しそうにしているのを見て、やっと心を開いてくれたのかと……」

「お前がやるべきなのは、これから竹馬に問いを出すときに、必ず婆さんを背負ってやることだ。あの婆さんは、なかなかの切れ者だぞ。孫息子に背負われてはしゃいでいなけりゃ、そう遠くないうちに竹馬のからくりに気付いちまう」

凌雲は両腕を前で組んだ。

「はい、凌雲先生。必ず、先生の言ったその通りにするよ」

八吉は背筋を伸ばして凌雲を見据えた。

八

奥山の人混みの中を、美津と善次と仙は三人でしっかり手を握り合ってすり抜けた。

善次は古ぼけた狐のお面を被っている。押入れの奥にあったものをたいそう気に入って、出がけにどうしてもこれを着けていくと駄々を捏ねた。

いつだって大人びた気い使いの子だ。こうやって急に子供らしさが出てくると、ようやくここでの生活にも馴染んでくれたかと嬉しくなる。

前から来た人と今にもぶつかりそうになるところを、お互い「おっと」と笑い合って身をかわした。

仙の美貌はこんな混雑の中でさえ人目を引く。仙に先頭を切ってもらっているおかげで、参道の入り口から奥山まで、いつもなら半刻近くかかるはずの道のりがあっという間だ。

「わあ、やっぱり奥山はこうでなくちゃね！　あれから一月近く、私がこの日をどんなに待ち望んでいたかわかるかい？　辛い立ち仕事も嫌な客の相手も、お美津ちゃんたちと遊びに行くこの日を楽しみに、どうにかこうにか乗り越えてきたんだよ！」

寒風よけに臙脂(えんじ)色の頭巾をすっぽり被った仙が、白い息を吐いて振り返った。

「お仙ちゃん、そんなに急がなくても、〝唐渡り名鳥〟は逃げやしないわよ」

美津は善次と顔を見合わせて笑った。

〝唐渡り名鳥〟とは、つい先日の読売に描かれて大いに評判となった見世物だ。唐からやってきた音呼（いんこ）や鸚鵡（おうむ）、という名の珍しい鳥を見せて金を取る。

名鳥は、花魁の着物の模様から抜け出してきたように色鮮やかに輝くと聞く。そんな鳥たちを見ると、壮健長寿の御利益があるという触れ込みだ。

「おや、ご覧よ！　あれは竹馬だよ！」

周囲をきょろきょろと見回して〝唐渡り名鳥〟の輪を探していた仙が、ふと足を止めた。

「これより、昨今のお江戸で大いに評判となっております、〝そろばん馬〟をお見せいたしましょう！」

潑剌（はつらつ）とした女の声だ。

「あら？　問いを出しているのは、八吉さんじゃないのかしら？」

美津は首を傾げて覗き込んだ。

黒山の人だかりの中で、竹馬の手綱を引いた若い女が朗々と声を張り上げていた。

仙のように艶やかな器量よしではない。だが笑顔がきれいで背筋がまっすぐな、気立ての良さそうな娘だ。八吉の言っていたとおりに商家で育った娘だとしたら、当然、そろばんの素養は一通りあるに違いない。

「ほれ、駄馬。お前は婆さまをお乗せしろ」

女が明るい声を掛けると、頭に馬の被り物をした八吉が「ひひん」と鳴いた。

人目を引くきれいな顔立ちをした八吉が、馬の真似をして歯を剝き出しにする。客が皆、わっと声を上げて笑った。

背中の老婆もにこにこと満面の笑みを浮かべている。

「そら、竹馬。一足す一は、いくつだい？」

老婆の得意げな声が遠くに聞こえたかと思うと、一呼吸を置いて賞賛のどよめきが周囲を包み込んだ。

「みんなうまく行っているみたいね。八吉さんもいいお嫁さんをもらって、幸せそうな顔をしているわ」

美津は仙に耳打ちをした。

「あの八吉って男、身のほど知らずに私に近寄って来るくらいだから、よほどの色好みかと思っていたんだけれどね」

仙はつまらなそうな顔で肩を竦めて、

「まあでも、あのあたりが八吉にはお似合いってところだね」と嘯いた。

背後で再びどっと笑い声が起きた。

以前、三人で〝そろばん馬〟の見世物を観たときには、これほどの笑い声はなかった。

今では竹馬のそろばんの芸だけではなく、八吉の捨て身の駄馬の芸が評判になっているに違いない。

「あいつらのことなんて放っておいて、早く行こう。〝唐渡り名鳥〟は、からくりなんて何もない、霊験あらたかなお鳥さまさ。お店のお客さんが、みんな噂話でもちきりだよ」

仙は八吉などあっさり忘れた様子で言った。

「お仙ちゃんのところには、いつだっていろんな噂話が入ってくるのねえ。お仙ちゃんといいれば、お江戸の流行りはばっちりね」

　美津の言葉に、仙は得意げに鼻を鳴らした。

「当り前だろう。噂話は私の生きがいさ。お江戸の噂集めを心から楽しめなくちゃ、私が水茶屋の娘なんか続けていられるはずが……」

　言いかけて、ぺろりと舌を出した。

「あ、そういえば忘れてた！　お美津ちゃん、足袋問屋（たびどんや）の《山吹屋（やまぶきや）》って知っているかい？　深（ふか）川（がわ）の大店さ。この間そこの若お内儀が《鍵屋》に来てね。凌雲先生のことをあれこれ聞いていったよ。最高の名医だって褒めちぎっておいたからね、近々そっちに行くつもりなんじゃないかい？」

「まあ、お仙ちゃんありがとう。《山吹屋》さんね。覚えとくわ。犬と猫のどちらの飼い主さんかしら？」

「残念ながら猫さんじゃないよ。犬さ。見事な毛並みのおっきな狆（ちん）さ」

　仙が愛想なしな声で言った。

「狆ですって？　《山吹屋》さんは、花魁でもお姫さまでもないのに狆を飼っているの？　まあすごい。お金って、あるところにはあるもんね」

　美津は目を瞠った。

　異国からやってきた狆は、同じ犬でも他の種とは見た目がすっかり違う。

　ほとんどの犬が、毛玉堂の三匹のように狼と狐の間にできた子のような姿をしているのに対して、狆は、猫とも兎ともつかない丸っこく珍妙な姿をしている。

放っておけばどこまでも伸びる長い毛に、驚いたように真ん丸の目、顔に押し付けられたような低い鼻。

顔の造作のひとつひとつを見ると奇抜なものだ。ところがそれらが合わさると、この上なく優美で愛らしい姿になる。

大名の姫君や吉原の花魁に好まれる犬だ。

「私も、錦絵以外で本物の狆を初めて見たよ。あのお絹って娘は、大して別嬪でもないくせにとんだ玉の輿に乗ったもんだねえ」

「《山吹屋》のお内儀さんの名前は、〝お絹さん〟っていうの!?」

美津は息を呑んだ。竹馬の老婆が美津を見間違えたその人だ。

「私ゃてっきり、凌雲先生はお絹ちゃんと所帯を持ったんだとばかり……」

老婆の声が胸の中を過った。

「ああ、そうだよ。いったい、何を驚いているんだい？」

仙は首を傾げてから、「あっ」と甲高い声を上げた。

数人の男がはっとした顔で振り返った。

「お美津ちゃん、ここだよ！　〝唐渡り名鳥〟は、ここでやっていたよ！　なんて綺麗なお鳥さまだろうねえ。ああ、前に行きたいなあ。もっと前のほうで見物できたらいいのになあ……っと」

仙が身をくねらせると、目の前の人混みにさっと道ができた。

「あら、皆さん、よろしいのかい？　それじゃ済まないねえ。はいはい、通りますよ」

振り返った仙が、美津に向かって得意げな流し目を送った。

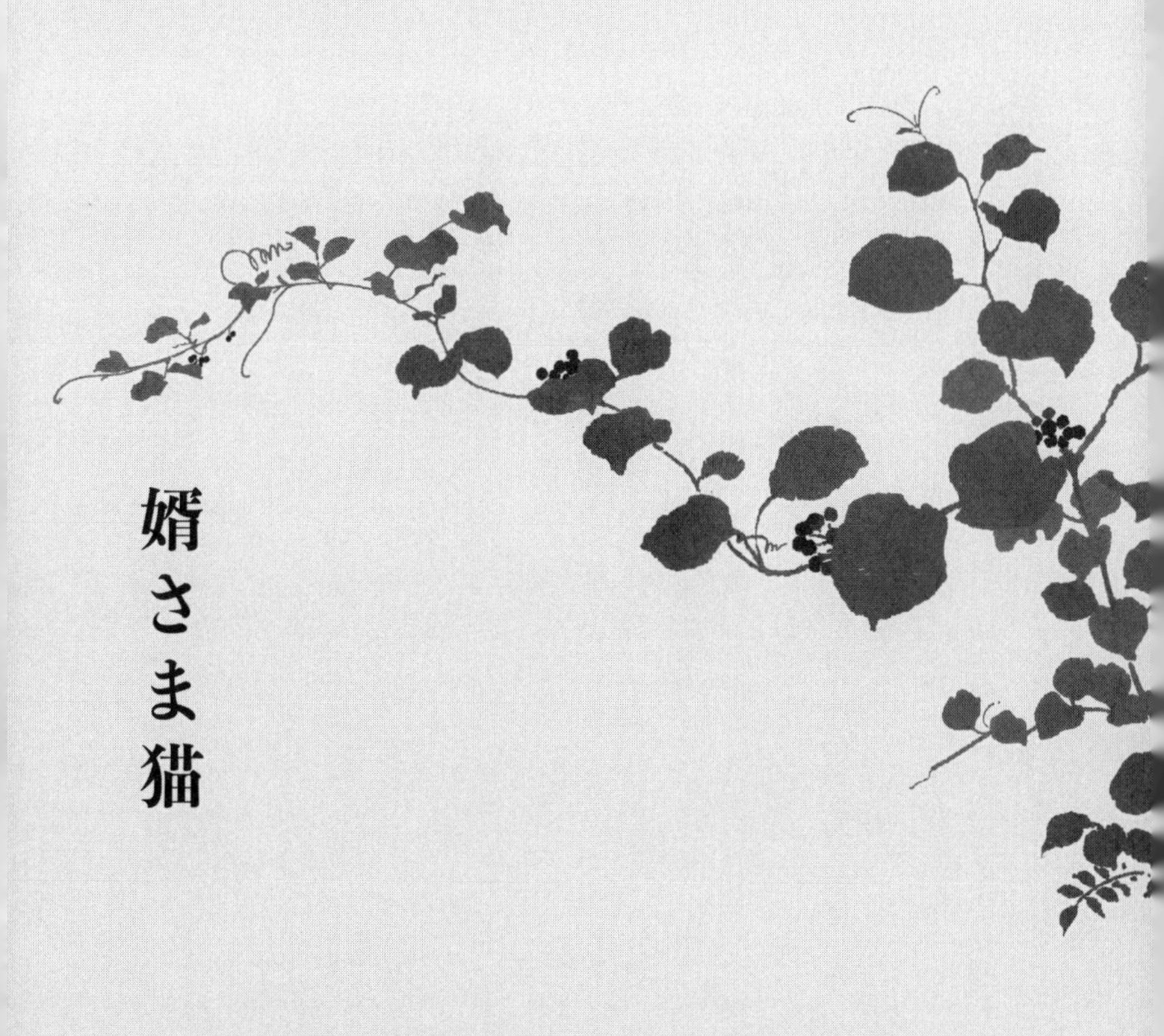

婿さま猫

一

「……死んでいるぞ」

凌雲は懐で腕を組んだ。

「えっ？」

若い夫婦が顔を見合わせた。

気の強そうな艶っぽい女と、日に焼けて逞しい身体をした男の夫婦だ。頬っぺたをくっ付け合わせるようにして、一緒に一匹の黒犬を抱いている。

黒犬の毛並みは滑らかで、鼻先がまだ濡れている。しかし、がくりと頭を落とした姿からは、既に生気は感じられなかった。

「凌雲先生、何をおっしゃいます！　クロベエが死んだですって？　ご冗談を！　ねえ、あんた？」

女が乾いた笑い声を上げた。

「お、おうよ。先生、クロベエは、ほんのついさっきまで、庭を走り回っていたんだぜ？　それが、ちょっと転んで石に頭をぶつけたくらいで……」

男のほうも大口を開けて笑いかけた。

「もう死んでいる。息も脈もない。瞳も開いたままだ」

凌雲は黒犬の瞼をちょいと捲った。そっと撫でるように閉じる。

場がしんと静まり返った。

「……凌雲先生、クロベエは、よほど打ち所が悪かったのでしょうか？」

美津は冷え切った雰囲気に耐えられなくなって、口を開いた。

「運悪く脳天の骨を割ってしまったか……。ひょっとすると心ノ臓が急に止まる病で、頭を石に打ち付ける前にもう死んでいたのかもしれない。だが今となっては何もわからない。ゆっくり眠らせてやれ」

凌雲は口元を一文字に結んだ。

「クロベエ、嘘だろう！　嘘だよねえ？」

女がわっと泣き崩れた。

「凌雲先生、医者だったら何か薬があるはずだろう？　何とかならねえのかよ！」

男のほうも、顔を真っ赤にして眉を下げた。

「命は一度きりだ。死んでしまったものは、私にはどうにもできない」

凌雲はゆっくり瞬きをしてから、黙って部屋の奥へ消えた。

「凌雲先生……」

美津が声を掛けても振り返らない。

「クロベエ、あんた、ほんとうにあの世に逝っちまったのかい？」

女の悲痛な泣き声が響き渡った。慌てて美津は駆け寄った。

「悲しいことですが、凌雲先生があぁ言ったらもう手の施しようはありません。ここでクロベエを清めてきれいにしてやって、心が落ち着くまでゆっくり休んでください。今、あったかいお湯をお持ちしますからね」

美津は出せる限りの暖かい声で慰めた。

クロベエの亡骸を間に、お互いひしと抱き合う夫婦を部屋に上げた。障子を閉じ切って、すぐに井戸へと向かった。

この家に嫁いでから、動物の死に接する場面は数え切れないほどあった。

怪我をして身体から血がたくさん出てしまえば、それを元に戻すことはできない。

いくら手で触ってはっきりとわかる腫物が腹にあっても、腹を切り開いて取り除いてやることもできない。理屈ではできる。だが、臓物まで達する深い傷口が膿むのを、抑える方法がないのだ。

人の医者でも動物の医者でも、煎じた薬を出したり、傷口を綺麗にして膿を出してやる程度の手技を使うことしかできない。

美津は手早くたすき掛けをして、袖をまとめた。

動物を可愛がってきた飼い主は、その死にかなり取り乱すのが常だ。

老若男女問わず、子供のようにおいおい声を上げて泣き崩れる。

あまりに悲しげな光景に、初めの頃はもらい泣きをしていた。だが次第に、それでは心がどっと疲れるようになってしまった。

こんなときは、釣られてしんみりする間もないほど駆けずり回るのが一番だ。

大きな桶（おけ）を手に井戸へ駆け出そうとしたところで、「うわっ」と低い声を聞いた。饅頭（まんじゅう）が山盛りになった籠を手にした仙だ。美津とごちんと額をぶつけるすんでのところで、飛び退いた。

「あら、お仙ちゃん。うちに遊びに来てくれたの？　もしそうだとしたら、今は、ちょっと都合が悪いのよ」

美津は声を潜めて目配せをした。

「あ……、お取込み中ってことだね」

仙は察しの良い顔で頷いた。

「じゃあ、井戸端語りとさせておくれよ。お美津ちゃんの仕事は、私が手伝ってあげるさ」

と、美津の握った桶に手を伸ばした。

「いえいえ、平気よ。井戸水を汲むのくらい楽にできるわ」

と答えながら、今日の仙は何か頼みごとを持って来たのだと勘付いた。

「お仙ちゃん、今日はどうしたの？」

美津が顔を覗き込むと、途端に仙は眉を八の字に下げた。

「お美津ちゃんに、お願いがあって来たんだよ」

仙はまず先に、美津の胸元にずっしりと重い饅頭の山を押し付けた。

「あ、ありがとう。美味しそうなお饅頭ねえ」

美津は思わず頬を緩めた。

「お美津ちゃん、私が前に鈴木春信って絵師の話をしたの、覚えているかい？」

仙が周囲を見回して声を潜めた。

「ああ、お仙ちゃんに惚れこんだ絵師さんね。お仙ちゃんの絵を描きたがって、毎日のように《鍵屋》の店先に頼みに来るって……。その人がどうかしたの？」

「あの男に、ちょいと吹き込んで欲しいことがあるんだよ」

切迫した顔だ。

「私が……なの？」

美津は少々半身を引きながら訊いた。

「そうだよ。お美津ちゃんしか頼める人がいないのさ。あの男、相も変わらず毎日のように《鍵屋》にやって来ては、『あんたの絵を描かせてくれ』って頭を下げ続けるんだよ」

「最初に春信さんの名を聞いてから、もう数月になるわね。まだ、お仙ちゃんに付きまとっているの？　そりゃ、気味が悪いわねえ。そろそろ、ちゃんと追っ払おうって算段ね」

「いや、逆なのさ」

仙は気まずそうな顔で否定した。

「逆って……、お仙ちゃんは春信さんに己の絵を描かせてやるってこと？」

「描いてもらわなきゃ困るんだよ」

仙は眼を逸らす。

「どういう移り気かしら？　あんなに嫌がっていたのに……」

「政さんが、そうしろって言うのさ」

〝政さん〟とは、仙の恋人の倉地政之助のことだ。

仙は口元を拗ねたように尖らせた。いつもの威勢の良さが嘘のようにもじもじしている。

「また政さんなの！　もう、お仙ちゃんは、政さんにだけは嫌われたくないってのね」

美津はため息をついた。

確かに仙は、類まれなる美貌を備えている。だが水茶屋の娘と《鍵屋》のある笠森稲荷一帯の地主である旗本倉地家とは、身分違いの恋であることに変わりはない。嫁に行くには、さまざまな困難があるに違いない。

現に大のお喋り好きの仙が、軽々しく恋衣を口に出さない。〝政さん〟というときは、いつも心変わりに怯えるような顔をする。

おそらく傍(はた)から案じるよりも、もっと心が乱れる話ばかりなのだろう。

しかしそうは言っても、最近の政之助の傍若無人ぶりには腹が立つ。強引に善次を押し付けてきたかと思ったら、今度は怪しい絵師に、己の恋人の絵を描かせようだなんて。

政之助本人にはもちろんのことだが、振り回されている仙のほうにも「もっとしっかりしてよ」とむかっ腹が立つのだ。

美津は、仙の情が深くさっぱりした心根が大好きだ。それが政之助の話となると、途端に危なっかしく、己を忘れてしまう姿がもどかしい。

「政さんが、お仙ちゃんの絵を春信さんに描いてもらえ、って言ったの？　どうしてまた……」

「知らないよ」

仙は、ぷいと顔を背けた。仙の口元が下がっている。おそらくこの話については政之助とさんざん喧嘩(けんか)をしたに違いない。

仙が横目で美津をちらりと窺った。ばっちり目が合って、慌てておどおどと眼を逸らす。

「それで、私は何をしたらいいの？」

美津は少し優しい声で訊いた。

「春信に、私のところに土産物を持ってくるように助言してやっておくれ。すごく上等で気の張った土産物がいいね。たとえば鯛(たい)の尾頭付きみたいなね。もちろん、私がそう言ってたってのは内緒だよ」

仙は人差し指を唇に当てた。

「ああ、なるほど。お仙ちゃんが春信さんの申し出を受ける、きっかけが欲しいってことね？」

「そうさ。これまでずっと無下に断ってきたのに、急にこっちが擦り寄ったら相手に足元を見られるだろう？　おまけにあいつは絵描きだよ。あいつの胸の内では、私はずっと天女さまみたいな気高い女でいなけりゃ、絵の出来映えに差し障るんだよ」

仙は己の言葉に己で頷いた。

「お美津ちゃん、頼まれてくれるね？　この絵が出来上がって、お江戸の皆が私の〝清らかな美しさ〟に改めて感じ入れば、きっと嫁入りもうまく行くに違いないのさ。お美津ちゃんは惚れ合った人と夫婦(めおと)になった、この上なく幸せな娘さ。かわいそうな私のためなら、そのくらいやってくれるよね？」

仙は鬼気迫る口調で、ずいっと美津のほうへ進み出た。

「……う、うん。わかった。何とか話してみるわ」

美津は不承不承、頷いた。

「きゃあ、お美津ちゃんありがとうね！　持つべきものは、幸せな人妻の友達だね！」

仙は一気に高い声に変わって、美津に抱き付いた。

二

陽が落ち始めると、急にぐっと冷え込む。

まだ日の入りまで少しあるはずなのに、北向きの台所は夜のように真っ暗だ。

足袋を二枚重ねても爪先が氷のように冷える。分厚い綿入れを羽織っても指先がかじかむ。

美津は火搔き棒で、土間に置いた火鉢の灰をかき混ぜた。

灰の中に目を凝らす。

しばらくそうやってから、あれっと首を傾げる。いくら探しても、大事にとっておいたはずの種火が見当たらない。

もしやと思って火鉢の灰に掌を近付けてみた。冷たく静まっている。奥底の火の温もりは少しも感じられない。

まったく私は何をしているんだ、と頭を抱えた。

きっと昨夜、長火鉢に炭を移したときだ。

ぼんやりと手を動かしていたせいで、種火となる炭の欠片(かけら)を残しておくのを忘れてしまったのだ。

「あーあ。また最初から火を起こさなくちゃ」

美津はうんざりした心持ちで大きく息を吐いた。

なぜか火起こしだけはうまくできない。どれほど試してみても、炭に火が移るときはまるっきりの偶然だ。コツなんてさっぱりわからない。

掃除、洗濯、料理、縫物。すべての家事に張り切って勤しむはずの美津でも、火起こしだけは冬の初めに凌雲に頼んでいた。

火打石に火打鉄、附木に火口の入った火口箱を手に、勝手口から外へ出た。

背を丸めてしゃがみ込む。右手にごつごつした小さな岩のような火打石。左手に刀の穂先のような火打鉄をしっかり握り締めて、かつん、と鳴らす。

火花がいくつも飛び散るが、火口には移らない。

よしっ、と力を籠めて、両手に握ったものを打ち鳴らす。が、何度やっても、鮮やかな火花が現れてはすぐに掻き消えてしまう。

「もう、また駄目。嫌になっちゃう」

己の不器用さに苛立って、手を止めた。

ふと、心の中を過るものがある。

火打石も火打鉄も、ぽいっと放り捨てたい気分になる。

〝お絹〟という名が浮かんだ。

竹馬の老婆の言葉を聞いた日から、その名をひと時も忘れたことはなかった。

小石川の患者たちに「お絹ちゃん」と親し気に呼ばれて、可愛がられていた娘。おそらく医者に従いて患者の面倒を看る、助手の娘だろう。

凌雲と絹は、添い遂げるに違いないと思われていた。きっと二人は、年寄りが目を細めて喜ぶような、仲睦まじい姿を見せていたに違いない。

その絹が、今は足袋問屋の大店《山吹屋》の若お内儀であるという。

美津はふうっと大きなため息をついて、額に掌を当てた。

きっと〝お絹〟は金持ちの若旦那に見初められて、《山吹屋》へ嫁ぐことになったのだ。恋人に振られて傷心となった凌雲は、絹との思い出の詰まった小石川を去った――。

そう考えれば納得がいく。小石川を辞めたばかりの頃の、凌雲の暗い瞳の理由だ。

「ならば、それでよかったわ。おかげで、私はずっと想っていた人と夫婦になれたんですもの」

美津は下唇を噛んだ。目頭に涙が滲む。鼻先が、つんと痛い。

なんだか何もかもが馬鹿らしく、己がちっぽけに思える。

火打石と火打鉄を地べたに放り出し、顔を歪めて大きく息を吸った。

ふと、か細い啜り泣きの声が聞こえた気がした。

美津は驚いて顔を上げた。

押し殺すような子供の泣き声。善次の声だ。

「善次？」

飛び上がって、首をあちこちに巡らせた。

庭へ回り込む。クチナシの生垣の向こうで、人影が揺れた。

「どちら様ですか？」と声を上げようとしたところで、善次の姿を見つけた。クチナシの葉に顔を埋めるようにして肩を落としている。

先ほどの人影は見間違いだっただろうか、と首を傾げた。

とにかく目の前の善次に駆け寄る。

「善次、どうしたの？」

美津が声を掛けると、善次の背がびくりと震えた。美津に背を向けたまま、慌てた様子で手の甲で涙を拭き洟を啜る。

「なんでもありません！」

まるで怒っているような気張った声だ。

美津は眉を下げて微笑んだ。

「そう？　ならいいのよ。こちらを向いてごらんなさい」

涙だらけで真っ赤な顔をした善次が、強張った表情で振り返った。

泣いているところを見つかって、決まりが悪いのだろう。美津を睨み付けるような鋭い目をしている。

今ここで泣いている理由を問い詰めたら、この子はいなくなってしまうかもしれない。美津はふとそう思った。

美津は善次を手招きした。

「今ね、勝手口で火を起こしていたのよ。私ったら、うっかりしていて種火を切らしちゃって」

悪戯っぽく笑って声を潜める。

「えっ？」

善次がしゃくりあげながら、美津の顔を窺った。

「でもね、どうしてもうまくできないの。かちん、って火花を点けるところまではできるんだけれど、火口に移すってなると何度やっても駄目。手伝ってくれるかしら？」

美津はにっこり笑った。善次の涙については触れなかった。

「……おいらが、火に触ってもいいんですか？」

善次の目に力が宿った。

火打石に火打鉄、どちらもいたずらで使って火事の元になっては大変だ。善次のように小さい子供は、ちょっと触るだけでこっぴどく叱られる。

自ずと火起こしは子供たちの憧れだ。冬の初めに凌雲が庭先で火を起こした時、善次も真剣に手順に見入っていた。

「やります！　お手伝いします！」

善次は満面の笑みで頷いた。

「そうでなくっちゃ。頼りにしているわよ」

美津は小さく拳を握った。

善次の奴頭をそっと撫でる。はっとするような熱さが伝わった。きっと身体にたくさん力を込めて泣いていたのだろう。

「ねえ、善次」

「何ですか、お美津さん？」

善次がからっと明るい顔をして振り返った。

美津はほんの一呼吸の間だけ言葉を探した。

「……今日は、お菓子があるのよ。お仙ちゃんにもらった、甘い甘いお饅頭。後でみんなで食べましょうね」

「やった！」

善次が小さな両手をぱちんと叩いた。

三

「今日のクロベエのご夫婦は、お気の毒でしたね。あんなに悲しそうにしている姿を見ると、胸が痛みました」

善次が厠に向かう足音を聞きながら、美津は少し声を落として囁いた。

夕飯が終わって、ほっと一息くつろぐ時だ。長火鉢の熱が、部屋中にじんわりと広がる。

「亭主のほうは、最後はさっぱりした顔をして女房の身体を支えていた。夫婦のどちらかがしっかりしていれば、乗り越えられないことはない」

凌雲は仙からもらった饅頭を口に放り込んだ。ろくに嚙まずに蛇のように丸呑みする。

凌雲の膝の上でマネキが「にゃあ」と鳴いた。牙を剝く蛇のように物騒な顔で、大あくびをする。

美津の心の目に、泣き腫らして憔悴しきった妻を抱きかかえるようにして去る男の姿が浮かんだ。

現れた当初は、愛犬の死がまるっきり納得できずに頼りない気配を漂わせていた二人だった。

だが長い間涙を流すうちに、いつしかお互い手を取り合って悲しみに向かい出す姿は、心に迫るものがあった。

「ねえ、凌雲さん、私たちは夫婦ですよね？」

口に出してしまってから、急に恥ずかしくなった。凌雲の横顔にひしと向けていた眼を、素早く逸らした。

眼の端で、凌雲が湯吞みを握った手を止めたのがわかった。

「どうした、お美津。何を当たり前のことを言っている」

凌雲が脇に置いていた書物に手を伸ばした。

胸の奥がちくりと痛んだ。

凌雲に訊きたいこと、話して欲しいことはたくさんあった。

だが訊いてどうする、とも思った。この世には知らなくてもいいことがたくさんある。

「そういえば、善次のことですが。今日、クチナシの生垣のところで泣きべそをかいていたんです」

さりげなく話を逸らした。

書物を開きかけていた凌雲の手が止まった。

「ふだんは子供らしく元気に振る舞っていますが、きっと、私たちには言えないことを抱えているに違いありません。このままで良いのでしょうか」

凌雲は書物を閉じて元の場所に置いた。しばらく目を虚空に向ける。

「一度、お仙ときちんと話さなくてはいけないな」

凌雲は頷いた。

己のことではない話をしたら、急に調子が戻ってきたような気がした。美津はほっと息をついた。

「私は、政之助さんから直接話を聞きたいくらいです」

美津は肩を竦めた。

「政之助さんは、お仙ちゃんに無茶ばっかり言うんですもの。ほんとうにお仙ちゃんと夫婦になる気があるなら、もっと大事にしてあげたっていいのに……」

「お美津、人の恋衣だ。放っておけ」

凌雲が苦笑いを浮かべた。

「すみません」

美津ははっと口元を押さえた。

その時、縁側廊下を勢い良く走る足音が聞こえてきた。

厠から戻ってきた善次だ。あんなに急いで。ひとりで暗い縁側廊下を歩くのが怖いに違いない。

「お美津さん、凌雲先生、ただいま戻りました！　あ、凌雲先生は、饅頭を喰っていらっしゃるのですね……」

息を切らせた善次が、凌雲の手元を熱い眼で見つめた。

「善次の分も、もちろん取ってあるわよ。慌てないでこっちにいらっしゃい」

美津が手招きをすると、善次が「はいっ！」と朗らかな声を上げた。

四

「もしもし、毛玉堂とはこちらかな？」

美津が庭の薬草の手入れをしていると、生垣の向こうから男の声が聞こえた。

「はいはい、今日はどうされましたか？」

ほっ被りを取って、生垣の隙間から外を覗き込んだ。

身なりの良い中年の男が、厳重に蓋をした一抱えほどの竹籠を胸の前で掲げている。

男の背後には二人の女の姿があった。

一人は歯痛でも堪えているかのように苦し気な顔をした、たおやかな若い娘だ。どっしりした風格のある父親と似ているところはあまりないが、鼻の形だけは生き写しだ。

もう一人の女の風体に、美津は息を呑んだ。

女の顔は隙間なく晒布でぐるぐる巻かれて、辛うじて両目と口元がどこにあるかわかるくらいだ。

落ち着いた柄の着物に白髪交じりの生え際からすると、この男の妻だろう。

「ど、どうぞ、玄関先から庭へお回りください」

鋏（はさみ）や熊手を片付けて、部屋に駆け戻る。台所で手早く身支度を整えた。

「凌雲さん、患者さんですよ」

声を掛けながら息を整える。晒布で巻かれた女の姿に、胸が縮こまっていた。

「どうした？」

庭先で凌雲の声が聞こえた。美津は凌雲の横に駆け寄った。

「私は、日本橋で船宿を営んでおります、《沢屋（さわや）》宗兵衛（そうべえ）と申します。今日は、凌雲先生に我が家のトラジを診ていただきたいのです」

宗兵衛は商売人らしく良く通る声で、背筋を伸ばした。

後ろで晒布だらけの妻と、眉間に皺を寄せた娘が深々と頭を下げた。

「トラジとは何だ？」

凌雲は宗兵衛の手から竹籠を受け取った。

「猫でございます。今年六つになるたいそう大きな牡猫で、娘のお琴に溺愛されて、甘やかされて育った我儘者であります」

「お美津、網を出してくれ」

美津は竹籠に魚獲り用の目の細かい網を掛けた。

毛玉堂まで連れてこられた猫を診るときは、こうして網を掛けておくと決まっていた。猫は入れ物の蓋を開けたその時に、飛び出して逃げ去ろうとする場合が多い。しかし網が身体全体に掛かっていると、観念して大人しくなる。

「そのトラジがどうしたのか？」

「はい、トラジは、この一月ほど、いきなり私の妻を襲うようになったのです。夜になると何の理由もなく急に妻に襲い掛かり、傷だらけにしてしまうのです」

宗兵衛が背後の妻を手で示した。

晒布だらけの姿で、妻は申し訳なさそうにぺこりと頭を下げた。

「その顔は、トラジがやったのか？」

凌雲は宗兵衛の妻をじっと見つめた。

「はい。顔だけではなく、手も足も……」

宗兵衛の妻が、口元をもごもご言わせながら袖を捲(まく)った。

「これは、ひどいですね……」

美津は声を上げた。

宗兵衛の妻の両手には、小刀で切ったような真っ赤な一本傷がいくつもできている。傷口は腫れあがって真っ赤になっていた。

トラジが鋭い爪を出して、引っ掻いたに違いない。

「トラジを見せてくれ」

凌雲は竹籠の蓋を開けた。

中で身を縮めて丸まっていたのは、橙色に近い茶色の縞、名前のとおり虎柄の猫だ。

急に蓋が開いて驚いたのだろう。トラジは身体を捩って低い姿勢を取った。

力の漲った両耳は下がって、瞳は見開かれている。背の毛は逆立ち、鼻先を歪めて蛇のような形相で牙を剝き出しにしている。

凌雲が網越しに竹籠の中に手を突っ込んだ。

と、トラジは「ぎゃあ」と悲鳴を上げて、竹籠ごと一尺ほど飛び上がった。

「ひどく怯えているな」

凌雲はトラジの隙をついて、毛並みを流れるように撫でた。

トラジが「ぎゃっ」と、先ほどとは違った高い鋭い声で鳴いた。

「宗兵衛、トラジはどうして怪我をしている？　首元の皮が切れているぞ？」

凌雲が眉を顰(ひそ)めた。

「それは私がやりました。いくら叱り飛ばしても妻を襲うのを止めないので、竹箒で叩いてお仕置きをしてやりました」

宗兵衛は、仕方がなかったんだ、と言うように口元を引き締めた。

背後で項垂れていた娘の肩が、細かく震えた。

凌雲の眉間に深い皺が寄った。口元が強くへの字に結ばれる。

「動物は、叩いて罰を与えても、何もわからない」

凌雲は竹籠の蓋をぱたんと閉じた。

「己が何をしたから怒られているのかなんて、そんな物事の流れをちゃんと理解できる頭があるのは、人だけだ。賢いはずの人間さまだって、いくら叱られても同じことを繰り返す奴がごまんといるだろう？　己が苛立ったときだけ、動物の脳味噌を買いかぶるなんて、人の勝手だ」

凌雲は憮然とした顔で、宗兵衛に向き合った。

「やっぱり、おっとさん、トラジを殴っちゃいけないんだよ。トラジ、ごめんよ、かわいそうなことをしたね……」

娘が涙交じりのか細い声を上げた。全身がわなわなと震えている。

「お琴、お前は黙っていなさい。元はと言えば、お前がトラジを甘やかしすぎるからこいつが図に乗ったんだ」

宗兵衛は気まずい心持ちを押し隠すように、琴を叱り飛ばした。

「凌雲先生、トラジはお琴の恋人気分で、己がこの家で一番偉いと思っているんですよ。ひょっとしたら、猫のくせに《沢屋》の跡取り婿さまくらいの心持ちでいるのかもしれません。だから気に喰わないことがあると、ろくでなしの亭主が女房を張り倒すみたいに、一番小柄で身体の弱い私の妻に襲い掛かるんです」

宗兵衛は憤慨した口調で言い放った。

「こんな乱暴者、とっとと山に捨てて来いと幾度も命じました。でもお琴が、もしそんなことをしたら、私もトラジと一緒に山に行って、この家には二度と戻って来ないなんて脅すもんだから……」

宗兵衛はちらりと琴の顔色を窺った。琴はこれまで、両親から真綿に包まれるように大事に可愛がられてきたのだろう。

「でもこのままじゃ、私は生きた心地がしませんよ。何の理由もなく急にトラジが襲ってくるんですから」

晒布の奥で、宗兵衛の妻が呟いた。

「そうだな。一刻も早く、どうにかしなくては」

凌雲は両目を閉じて「うむ」と頷いた。

五

日本橋川に面した岸辺、特に日本橋と江戸橋の間の北岸は、江戸中の魚が一点に集まる魚河岸(うおがし)となっている。

昔から船着き場や荷揚げ場となっていた一帯なので、古びた蔵が立ち並ぶ。南岸の少し入ったところには〝活鯛屋敷〟と呼ばれる、大生簀を備えた公儀御用の魚台所があった。

呉服橋を渡って、香の匂いのする街並みを通り過ぎた。左手に日本橋川が見えてきた頃から、潮の匂いが濃く漂ってきた。

《沢屋》は、そんな日本橋魚河岸で、釣り船や屋形船を貸し出すことを生業にした船宿だ。

同じ通りに立ち並ぶ船宿の中でも、ひときわ立派な店構えだ。表通りの掃除も行き届いて、商売は上り調子と想像できる。

「さあさあ、皆さま。狭苦しいところですが、どうぞお上がりなさってくださいな」

美津と凌雲、それに善次を伴って、宗兵衛の妻に屋敷の中に通された。言葉とは逆に、家の中は広々として豪奢な造りだ。

「わあ、見事なお屋敷ですね。これほど広いと、端っこから端っこまで大声で呼んでも、声が聞こえないくらいですね」

美津があんぐりと口を開けて見回すと、宗兵衛の妻は嬉しそうに目を細めた。

「あんたがトラジに襲われるところへ、案内してくれ」

凌雲は鋭い目つきで、屋敷中に眼を配った。

「はい、こちらです。夜に、私が縫物をしたり草双紙を読んだりして過ごすために作った、中庭が見える部屋です」

通されたのは、丹念に手入れした庭を望む、二十畳ほどの広い部屋だ。

「お内儀さんがくつろぐためだけに、こんなすてきな部屋があるなんて、なんて羨ましい……」

美津は慌てて口を結んだ。

「ここで休んでいると、トラジは何の前触れもなく一目散に廊下を駆けてきて、私に襲い掛かるんです。身を守る隙もありません」

宗兵衛の妻は怯えた声で、廊下を指さした。

「襖は常に開け放っているのか？」

凌雲が訊いた。

「ええ。そう広い家ではございませんが、襖を閉め切ってしまうと、主人に呼ばれてもまったく気付きませんので……」

「トラジが来るのは毎日、決まった刻限ではないのだな？」

「はい。夕飯の片付けが終わってすぐのこともあれば、そろそろ寝床に入ろうとしているときも。何事もなく穏やかに終わる日も、頻繁にあります。いつトラジが襲ってくるかは、まったく見当が付かないのです」

「トラジは今、どこにいる？　医者に連れ出されて臍を曲げて、家出をしていないといいが……」

「おそらくお琴の部屋におります。トラジはお琴が心底、大事に育てているので、生まれたときから外に出してはいないのです。庭で用を足すときも、お琴が首に紐を括って逃げないようにして連れ出してやります。お琴とトラジはいつも一緒にいるのです」

「お琴の部屋はどこだ？」

「この廊下の奥です」

宗兵衛の妻に先導されて、琴の部屋に向かった。

「お琴、凌雲先生がいらしたよ。トラジをお見せしなさい」

宗兵衛の妻が声を掛けた。

しばらくの間が空いてから、青白い顔をした琴が内側から襖を開けた。

「おっかさん、凌雲先生には私がお話しするよ。おっかさんは、あっちに行っておくれ」

力ない声だが強情に言い張る。

「そうかい？　あんたがそう言うんじゃあ、仕方ないねえ。凌雲先生、よろしくお頼み申しますよ」

宗兵衛の妻は困った顔をしながらも、琴の言うとおりにその場を去った。

「トラジはどこだ？」

凌雲に訊かれて、琴は慎重な手つきで部屋の襖を広めに開けた。

微かにふんわりと甘い匂いが漂った。

若い娘の部屋らしく、壁には役者絵が貼られて、鏡の前には化粧の道具がある。屏風には艶やかな色の着物が掛けられて、裏通りからの光を採る障子には、可愛らしい鳥や兎の影絵を彩った紙が貼られていた。

「トラジは行李の裏側に引っ込んでおります。この子は図体だけは大きいのに臆病者なので、客人が来るといつもこうです」

琴は情の籠った声で言った。

「トラジを見せてくれ。善次、お前もこっちへ来い」

凌雲と善次は、行李の裏側を覗き込んだ。

美津のところからでは、トラジの様子は見えない。だが、「ううう」という不穏な唸り声が聞こえてくる。

「善次、トラジを描いてくれ」

「はいっ！」

善次は素早く懐から絵の道具を取り出すと、さらさらと絵筆を走らせた。

「こんなときにトラジの似顔絵など描いて、凌雲先生はどうなさるおつもりでしょうか……」

琴は怪訝そうな顔をして、美津に小声で訊いた。

「凌雲先生にお任せすれば、大丈夫ですよ」

言い切っておきながら、美津も琴と顔を並べて凌雲と善次の背を覗く。

琴が不安げに美津の横顔を窺っていると気付き、慌てて笑顔を浮かべた。

「そういえばこのお屋敷は、とても静かで風流ですね。日本橋の魚河岸にあるのを忘れてしまいそうです。魚河岸って、もっと騒々しい場所のように思っていました」

美津は琴の気を解そうと、世間話を始めた。

「静かなのは、日の上がる頃にはもう魚河岸が終わっているからです。魚河岸の開く明け方は、漁師やら棒手振りの魚売りやらが行き交って、騒々しいものですよ。私は生まれたときからここに住んでいるので、慣れっこでぐっすり眠っていますが」

琴は光の透けた障子に眼を向けた。

「なるほど。トラジも明け方の騒々しさには、慣れきっているのでしょうか？」

ひょっとすると、この屋敷の立地がトラジに何かを及ぼしているのではないか、と思い、美津は訊いた。

「はい。トラジも仔猫のときからずっと、この家で暮らしています。この六年の間、毎日同じように過ごしていて、つい最近まで、母を襲ったことなど一度もありませんでした」

琴の眉根に深い皺が刻まれた。唇を、白くなるほど強く噛み締めている。

「そうですか……」

「できたっ！」

善次が筆を置いて、明るい声を上げた。

「よし、よくやった。このあたりの線など、見事に写し取っているな」

凌雲が絵の中のトラジの耳を指先で撫でて、振り返った。

「お美津、今夜はこの屋敷でトラジの様子を見守ろう。一旦、家に戻るぞ」

善次が、てきぱきと絵の道具を片付け始めた。

「凌雲先生、どうぞよろしくお頼み申します」

琴は苦し気な声で、深々と頭を下げた。

六

「善次、これまでに描いたマネキの絵を、ぜんぶそっくり持ってこい」

「はいっ！　ただいま！」

凌雲と善次が何やらばたばたしているのを背に、美津は泊まりの支度を始めた。

美津と凌雲は、一晩くらいは一睡もしなくてもどうってことはない。

だが、善次はさすがに、大人に付き合わせて夜通し起こしておくわけにはいかない。夜はちゃんと眠れるように、寝間着や夜具をきちんと用意してやらなくては。

それにここのところ夜はめっきり冷え込むので、凌雲や美津の分も暖かい綿入れが要るかもしれない。

つらつら考えながら手を動かしていると、庭の砂利道を急ぎ足で駆けてくる音が聞こえた。

「お美津ちゃん！　今すぐ、今すぐに来ておくれっ！」

息を切らせた仙が、鋭い声で言った。

「あ、お仙さん……」

「やあ、善次。今日もお利口だねっ！」

仙は男のようにちゃっと素早く手を振った。直後に美津に噛り付いてきた。

「お仙ちゃん、ちょっと待っててね。もうすぐ支度が終わるから……」

「今すぐじゃなきゃいけないんだよ！　今まさに、そこの通りを歩いているんだよっ！」

仙は生垣の向こうを指さした。

「歩いているって、誰が？」

「春信だよ！　女同士の約束を忘れちまったかい？」

仙に言われて、美津ははっと我に返った。

「ごめんね。早く何とかしなきゃと思っていたんだけれど、《沢屋》さんが来たから、すっかり……」

「いいから、いいから。今こそ、その時さ」

美津は仙に引きずられるようにして、縁側から庭へ下りた。

「お美津ちゃん、くれぐれも頼んだよっ！」

両手を合わせて見送られて、美津はいつの間にか表通りに駆け出していた。

通りの先に、ひとりの男の後ろ姿がある。

他に人の気配はないので、あれが絵師の鈴木春信だろう。

春信は通り沿いに植わった草木に、いちいち立ち止まる。葉を指先で抓み木の幹に顔を近付けて、長い間しげしげと眺めている。

足取りは軽い。歩く速さは急に止まったり早足になったり、まちまちだ。子供のように心の赴くまま、街をふらついている様子だ。

「もしもし、ちょっと、よろしいですか？」

美津が声を掛けると、春信は素早く振り返った。

「おう？　何だい？　何か迷惑を掛けたかい？」

春信は居心の悪そうな顔をした。

痩せた身体にぎょろりと丸い目。気の弱そうな顔つきなのに、姿勢はぐぐっと前のめりだ。

「鈴木春信さんですね？　なんでも、絵師をやっていなさる……」

「そうだよ。俺が絵師だって、どうして知っているんだ？」

絵師といわれて、春信の表情がぱっと華やいだ。

「そりゃ、お江戸ですごい噂になっていますもの」

仙と美津の間だけではほんとうだ。美津はどうにかごまかした。

「本当かい？　そんなこと、ちっとも知らねえぞ」

春信は嬉しそうにはにかんで、頭を掻いた。

「それで、俺に何の用だい？」

「春信さん、《鍵屋》のお仙、って女を知っていますか？」

美津はぎこつない口調で言った。

「お江戸で《鍵屋》お仙を知らねえって男なんか、いるのかい？」

春信の目に、ちらっと警戒が宿った。毎日のようにお仙を追っかけ回していることを、咎められると思っているのかもしれない。

「そうですか！　それならば、話が早いです。私は、春信さんに《鍵屋》お仙の絵を、どうしても描いていただきたいんですよ。春信さんの筆でお仙を描いたら、きっとお江戸中の評判になるに違いありませんよ」

春信の絵など一度も見たことがない。綻びが出たらどうしようと、脇の下に汗が落ちる。

「おっ、そうかい？　あんた、なかなかわかっているな。あんたも絵をやるのかい？」

春信は急に美津に親し気な眼を向けた。

「絵は、私じゃなくて、うちの子が好きなもので……。いや、それはいいとして、ぜひお仙を描いてください。必ず描いたほうがいいです」

美津は慌てて取り繕った。

「いやあ、でもなあ。そんなに簡単には行かねえぜ。描かせてくださいって頼んで、はい、わかりましたよ、ってわけにはなあ」

春信は顎を撫でた。

「やはり難しいのでしょうか？」

美津は小首を傾げてみせた。

「実を言うと、俺もあんたと同じようなことを考えていたのさ。もっとずっと前からな。だがうまく行かねえ。これまでに何度断られたかって……」

美津は両掌をぽんと鳴らした。

「そうだ！　お土産を持っていかれたらいいですよ。お仙ちゃ……お仙は、お土産さえもらったら、喜んで描かせてくれるかもしれませんよ」

口に出してから、少々、仙が吝嗇女のように聞こえてしまったと気付いた。まずい、と思ったが、春信は閃いた顔で身を乗り出した。

「土産物か！　そりゃあ、気付かなかったぞ！　俺は素人の女とはろくに縁がねえからなあ」

春信は己の頬をぴしゃりと叩く。

「でも、何を持って行きゃいいんだろうな？　あんた俺に進言してくれよ」

「お仙の絵を描かせてくれ、って頼むのですよね？　幾日も長い間付き合ってもらって、相手の負担も大きい話です。ここはうんと格式ばったもの……。例えば鯛の尾頭付きみたいな、上等なものをお土産に持っていくのがいいでしょうね」

仙から言われたことをどうにか伝え終えて、ほっと息を吐いた。

「そうか。なるほどな。相手は、草花や猫や兎と違って生身の若え女だ。他に行きたいところもいっぱいあるってのを、俺の絵に付き合ってもらわなくちゃいけねえんだからな」

春信は空を眺めて、大きく幾度も頷いた。

七

宗兵衛の妻の部屋は、真冬の夜なのに暖かい。大きな火鉢が、三つも置かれているからだ。加えて分厚い上等な綿入れのおかげで、熱気に頬が熱くなるほどだ。

借り物の着物を羽織った美津は、押入れに眼を遣った。凌雲と善次、それに宗兵衛の妻が、押入れの中で美津をじっと見守っている。

宗兵衛の妻の着物を着て宗兵衛の妻の部屋にいれば、トラジはきっと美津を女主人と間違えるに違いない。

美津は廊下に背を向けて、行燈の灯で草双紙をぱらぱらと捲った。

いつトラジが襲ってくるか、はたまた今夜は何事もなく終わるのか。心ノ臓の動悸がずっと速いままで、目で追う文字もちっとも頭に入ってこない。

「お美津さん、もうずいぶん遅い。私たちは寝床で休む刻になります。今日はトラジの奴も大人しくしているようだ」

夜も更けた頃、宗兵衛がひょいと部屋を覗き込んだ。

凌雲がいつもと変わらず過ごすようにと再三にわたって念を押したので、古い浴衣の寝間着姿だ。

「まあ、そうですか。わかりました。では凌雲さん、今日はおいとましましょう」

美津はほっとした心持ちで、押入れに向かって声を掛けた。

やれやれと息を吐いたその刹那、廊下の奥からどどっと足音が響いた。

「トラジ！　お待ちっ！」

琴のつんざくような悲鳴が聞こえた。

「来たぞっ！　奴だっ！」

叫んだかと思うと、宗兵衛は一目散に、廊下を琴の部屋とは逆に向かって逃げ去った。

「ちょ、ちょっと……」

宗兵衛が少しは助けてくれるかとばかり思っていた美津は、慌てて立ち上がった。

万が一トラジに喰い付かれたときに、と凌雲に教えられたように、足元の冷水を入れた湯呑みに手を伸ばす。

直後、「ぎゃああ」という獣の唸り声が響き渡った。

振り返ると、トラジが毛を逆立てて耳を折り、牙を剥き出しにして襲い掛かってきた。

トラジは美津が湯呑みを手に取る間もなく、綿入れの腕に喰い付いた。

綿入れの布地が、びりっと切り裂かれる音がする。

「きゃあ！　凌雲さん、助けて！」

「トラジ！　やめろ！」

押入れの襖が勢い良く開いて、凌雲が飛び出してきた。

手には大きな紙を幾重にも折り畳んだ束が握られている。凌雲が紙の束を畳に叩きつけると、ばしっ、と、とんでもなく大きな音が鳴り響いた。

「トラジ！　トラジや！　凌雲先生、どうかトラジを叩くのはお止め下さい！」

琴が泣き喚きながら、部屋に飛び込んできた。

トラジが部屋を飛び出して行ったのを、慌てて追いかけてきた様子だ。

「私は決して動物を叩いたりなぞしない。トラジの気を逸らすために、大きな音を出す必要があったただけだ。トラジを見ろ」

凌雲は仏頂面で、トラジを指さした。

つい先ほどまで獣の形相で猛り狂っていたトラジは、急に肝を潰した様子で、尾を垂らして右往左往している。

琴の姿を認めたトラジは、素早く琴の背後へ駆け抜けた。

「トラジ……。ごめん、ごめんよう」

琴は両手で顔を覆って、むせび泣く。

「これから先に、万が一にも同じようなことが起きたら、トラジを殴るのではなく、このように、他に大きな音を立てて気を逸らしてやれ。動物は不穏な音が聞こえたら、咄嗟にその場を避けようとする。己の行いを悔悟して行動を改める、なんてこととは、まったく別の話でな」

凌雲は宗兵衛の妻に向かって説いた。

「はい、凌雲先生。あれだけ頭に血が上ったトラジが、紙の束を叩く音を聞いただけで我に返るなんて、信じられません。もっと早くに知っていれば……」

宗兵衛の妻は、己の手足の傷に眼を落とした。

「だが、二度と同じことを起こしてはいけない。みんな、外に出てみよう」

凌雲は振り返ると、

「善次はこのまま寝かせておいてやってくれ」

と、押入れの奥で眠りこける善次に、優しい目を向けた。

八

《沢屋》の店先は、昼間に来たときと同じく、塵一つなく綺麗に掃き清められていた。

時刻は丑の時。まだ真夜中の真っ暗闇だ。

表通りの先まで目を凝らすが、人の気配はどこにもない。

「この刻には、このあたりは誰も通りませんよ。魚河岸が始まるまでに、まだしばらくあります」

宗兵衛の妻が、凌雲に声を掛けた。

凌雲は「うむ」と唸って、地べたに眼を凝らす。

「足跡一つないな。竹箒の跡までくっきり残っている」

「《沢屋》では、常に、清くすっきりした店構えを心掛けております。手前の店の前だけではなくこの通り一帯ご近所さんに、さすが日本橋といえば《沢屋》だ、と言っていただけるように、小僧たちに丹念に掃き掃除をさせております」

宗兵衛の妻は胸を張った。

「ひとたび魚河岸が始まれば、この表通りは漁師や魚屋、雑魚(ざこ)を買い求める町の人たちで大騒ぎです。表通りを日々このように綺麗に保つのは、並大抵のことではありません」

いつの間にか戻ってきた宗兵衛が、誇らしげに講釈した。

「なんだか、足跡を付けてしまうのがもったいないくらいですね」

美津は感心して呟いた。

綺麗好きを自負している美津の目から見ても、《沢屋》の掃除の質は素晴らしい。

荒くれ者の多い漁師でも、これほどござっぱりした道では、酔っ払って引っ繰り返ったり、そこいらにぽいとゴミを放り捨てたりは、しづらいに違いない。

《沢屋》の日々の努力のおかげで、魚河岸一帯の治安が保たれていると言えるほどだ。

「屋敷を一周してみよう」

凌雲は提灯を掲げて、隣の店との間の細い裏通りへ向かった。

「誰だっ！」

直後に低い声を上げる。

「うわっ！　あんたこそ誰だよっ!?」

返した声には、聞き覚えがあった。

「春信さん！」

美津は、凌雲と春信の間に飛び込んだ。

煙のたなびく煙管（キセル）を手にした春信が、地べたに尻餅をついて腰を抜かしていた。

「凌雲さん、こちらは絵師の春信さんですよ。ほら、お仙ちゃんの絵を描くって話の……」

耳打ちをすると、凌雲は「ああ、お前が春信か」と息を吐いた。

「こんなところで何をしている？　《沢屋》に何の用だ？」

「《沢屋》って何だい？　あ？　ああ、このでっかいお屋敷は《沢屋》っていうんだな。そりゃ、知らなかったよ」

　春信は尻についた泥を、ぱんぱんと叩いた。

「何をしているって、ほんの一服していただけさ。俺は、魚河岸が開いたら誰よりも早く真っ先に飛び込んで、〝鯛の尾頭付き〟を買ってこなくちゃいけねえんだ。顔見知りの木戸番に銭を握らせて、暗いうちに木戸を開けて貰ったんだよ」

「お仙ちゃんへのお土産物ですよ」

　美津はこっそり凌雲に説明した。

「お前は、夜通し、魚河岸が開くのを待っているつもりで来たのか？」

　凌雲が春信に問い掛けた。

「そうだよ。今日じゅうに、必ず手に入れなくちゃいけねえんだ。お江戸でいちばん上等な〝鯛の尾頭付き〟を手に入れられるかどうかに、俺の絵師としての先行きが懸かってるんだ」

　春信はまっすぐな目をして主張した。

「春信さん、事情はわかりました。でも、どうしてこんな細い裏通りにいたんですか？」

　美津は訊いた。

「どうして……って、一服していたって言っただろう？　木戸を通るときに、火を貰ってきたんだよ」

　春信は気まずい顔をして煙管を示した。

「煙草なんて、どこでも喫えるでしょう？　表通りになら、腰掛けてくつろげるような石や木陰もありますし……」

美津は表通りを振り返った。

「俺は絵描きだよ。美しいもの、美しい光景が三度の飯より好きな男さ。美しいものを作ろうとしている奴の心意気を、踏み躙るなんてこたぁしたくねえ」

春信は口を尖らせた。

「こんなにきれいに掃き清めている通りに、煙草の喫いさしをばら撒いたりなんてしたら、どうにも気分が悪ぃや」

春信は顎をしゃくって、表通りを示した。

「手前どもとしては、何やら嬉しい話ですな。掃除に励む甲斐があります」

宗兵衛が頬を綻ばせて、妻と顔を見合わせた。

「でも、どうして、ここならば煙草を喫ってもいいと思ったんですか？　たしかに、人目には、つきませんが……」

美津は足元に眼を落した。

春信の立っていたあたりには、煙草の喫いさしの灰や焼け残った煙草の葉が、たくさん散らばっている。とてもじゃないが〝美しい光景〟とはいいがたい。

「いや、待ってくれ。ここを汚したのは俺……だけじゃねえ。元からここは、こうなっていたんだ。煙草を喫う場所を探していて、ひょいと裏通りを覗き込んだら、ここに喫いさしがたくさん捨ててあるのが目に入ったんだよ」

「元から汚れた場所なら、気兼ねなく汚すことができる、ってことだな。ろくでもない浅はかかな考えだが、絵描きに人徳を求めても無駄だな」

凌雲の言葉に、春信はへへっと笑って頭を掻いた。

「じゃあ、この喫いさしは誰が……」

美津が首を捻ると、宗兵衛が「……おいっ」と妻の脇を突いた。

「宗兵衛さん、何か思い当たることはありますか？」

美津が訊いたその刹那、どさっと音がして琴が地面に倒れ込んだ。

「お琴！　大丈夫かい？」

宗兵衛の妻が琴を抱き止めた。幾度も琴の顔を覗き込む。

琴はわなわなと震えている。紙のように白い顔だ。

「凌雲先生、お話があります」

琴は声を振り絞った。両目から涙が溢れ出す。

「おっとさん、おっかさん、どうかあっちに行っていておくれ」

琴は苦し気な声で囁いた。

九

美津に背負われて部屋に戻ってきた琴は、その場でへたり込んだ。

眠りこけたままの善次を琴の掻巻で寝かせてやってから、美津と凌雲は琴に向き合った。

「凌雲先生、トラジが母を襲ったのは、私のせいでございます。私がトラジを焚きつけたのです」

琴はがっくりと項垂れた。

「どういう意味ですか？　お琴さんがトラジに、お母さまを襲え、と命じたのですか？」

倒れた琴を憂慮して、幾度も顔を覗き込んでいた宗兵衛の妻の姿が、美津の胸に蘇った。

目の前で身を縮めている可愛らしい娘が、そんな恐ろしいことを企んでいたなんて、想像できない。

「はっきりと、襲え、とは言っていません。ですが、私はトラジに言ったのです。『おっかさんなんて、大嫌い！』ってね。トラジはその言葉を聞いてから、母を襲うようになったのです」

琴は下唇を嚙みしめた。

「育ててもらった恩を忘れて、親を大嫌いと言うなんて、穏やかではないな。年頃の娘がそれほど母親といがみ合うということは、男の話だな？」

凌雲が琴に鋭い眼を向けた。

「……はい。私には惚れ合った恋人がいたのです。魚河岸に出入りしていた棒手振りの見習い、新助(しんすけ)って男です」

「棒手振りの魚売りに、見習いなんてあるんですか？　なんだか妙な……」

美津が不安な眼を向けると、琴は顔を伏せた。

「綺麗な顔立ちなのに右目のところに傷があって、どこか傾(かぶ)いていて……。それが妙な色気がありました。向こうが私に一目惚れをしたっていって、お互い熱心に文を送り合うようになったんです。でもそれを母に見つかってしまい……」

「どこの馬の骨ともわからない男だろう？　まずは頭を冷やせと叱り飛ばす親御さんの心根は、

至極まっとうだ」

　凌雲は唇を結んだ。

「それで私は、トラジに『おっかさんなんて、大嫌い！』って言ったんです。でも新助は、母に付き合いを禁じられてからも、人目を忍んで裏通りへやって来るようになりました」

　琴は障子に眼を向けた。

「親に反対されて、逆にのぼせ上ったんだな。夜中にこっそり逢引きをしていたわけか」

「新助は夜更けになると、障子の向こうの裏通りにやって来ました。そしてその場に立ち止まって煙草を喫うんです。合図の音なぞを立てて誰かに聞かれては困る、と言っていました。部屋に煙の匂いが漂ったら、私はそこの障子から外に飛び出します」

　琴は跳ね起きて、手早く身支度をする真似をしてみせた。

「裏通りに残っていたあの煙草の喫いさしは、お琴さんの恋人の新助のものだったんですね」

　美津は凌雲の横顔を見上げた。

「ですが浮かれていられたのは、最初だけでした。新助と語り合って戻ってくると、トラジが猛り狂い母が傷だらけになっていたのです。大騒ぎのお陰で、私が部屋にいないことには誰も気付いていませんでした」

「トラジがひどく暴れたおかげで、ご両親とも、お琴さんの居場所を気にする余裕などなかったのですね？」

　琴は気まずそうに頷いた。

「はい。その時、私はわかったんです。トラジが私の逢引きを助けるために、わざと母を襲っているって……」

「お父さまがトラジを竹箒で殴っているのを見て、心が痛んだでしょう？」

美津の言葉に、琴は顔を歪めた。

「はい。トラジが私の恋路を想ういじらしい心に胸が潰れるようでした。そのうち、このままではトラジは山に捨てられてしまうと聞いて、ようやく悪い夢から醒めた心地がしたのです」

「新助って男は、ろくでもない奴だったのだな？」

「はい。凌雲先生の言うとおりでございます」

琴は凌雲を見据えた。

「新助の煙草入れには、猪の根付がありました。わざわざ猪なんて、格別格好良くも可愛らしくもない姿を象った根付を持つのは、己の干支が亥である者だけです」

琴は頭を抱えた。

「新助は出会ったその日に、己の齢を二十二と話していました。ならば干支は猪ではなく虎。亥ではなく丙寅のはずです。トラジの寅を、私が間違えるはずがありません。勇気を出して問い詰めたら、新助はしどろもどろになって逃げ出して、それきり二度と姿を見せなくなりました」

琴は心底情けない、というようにかぶりを振った。

「それはどのくらい前の話ですか？」

美津は訊いた。

「新助と親密だったのは、ほんの半月ほどです。あの男と手を切ってから、もう一月が経っています。でもトラジは今でも、偶然、煙草を喫う人が裏通りを通り掛かると、私は部屋にちゃんといるのに……」

「お母さまを襲うんですね」

「はい。いくら新助とは別れたよ、と言っても、トラジはもう、私の言葉を聞き入れてくれないのです」

「新助は、もうどこにもいなくなったのに……」

美津は呟いた。

「きっと、私が『おっかさんなんて、大嫌い！』なんて罰当たりなことを言ったから、トラジに人の言葉を聞き入れることができない呪いが掛かってしまったんです」

琴はむせび泣いた。

「動物は、人の言葉なんてわからない。ぜんぶ人の思い込みだ」

これまで黙って聞いていた凌雲が、ふと口を開いた。

琴は泣き声をぴたりと止めて、怪訝な表情で顔を上げた。

「だが、トラジが暴れる理由は見当がついたぞ。トラジを穏やかな猫に戻す方法もな」

「えっ！　ほんとうですか？」

琴が縋るような目を向けた。

十

「お美津、善次の懐からマネキの絵を出してくれ。そうっと、起こさないようにな」

「はいっ。善次、ちょっとごめんね。起きちゃだめよ……」

美津は、寝入ったままの善次の懐をひっそりと探り、筒に丸めた数枚の紙を取り出した。

結んでいた紐を解くと、マネキの横顔を描いた絵が数枚と、一番下にトラジの虎柄の横顔が現れた。

「まあ、たいそううまく描けておりますわ。トラジの鼻にぽつんと三角形の斑があるところまで、ずいぶん、ちゃんと……」

琴が頬を緩めた。

「見るのはそこではないぞ」

凌雲が、畳の上に絵を並べた。

「このトラジは、見知らぬ客人である私たちの来訪に気付いて、行李の裏に隠れていたときの姿だ。お美津、トラジの身体はどう見える?」

凌雲は美津に眼を向けた。

「……そうですね。耳が落ちて、背中の毛が逆立っています。鼻先に皺が寄って牙を剝き出しにしています。さっき私に襲い掛かったときも、これと同じような顔をしていました」

美津は幾度も絵を見直しながら言った。

「そうです。これは、トラジが母を襲うときの姿です」

琴が暗い声で賛同した。

「なら、ここにあるマネキの絵の中で、どの姿が最も近い?」

凌雲が、数枚のマネキの絵をぐるりと指さした。

よくよく見ると、マネキの絵は少しずつ様子が違う。凌雲と善次がマネキを追いかけ回して絵を描いていたときには、まったく気付かなかった。

「これです。耳を伏せて毛を逆立てて。トラジの絵と同じ様子です」

美津はマネキの絵の一枚を選んで、手に取った。

「その絵の右下には、何て書いてある？」

「えっと、《庭に飛んで来た大きな鴉が、マネキが咥えていた鼠を横取りしたところ》と」

美津は米粒のように小さい凌雲の字に、眼を凝らした。

「そうだ。この絵のマネキは、己よりも強いものに獲物を横取りされて、怯えていたんだ」

凌雲は満足げに頷いた。

「トラジも同じですね。見知らぬ客人に怯えて、お琴さんのお母さまにも……。あれ？　どうしてトラジが、生まれたときから同じ家に住むお母さまに、怯えることがあるでしょう？　それもわざわざ己のほうから廊下を走って、お母さまの部屋に飛び込んで行ったくせに……」

美津は首を傾げた。

「それが、この異変の面白いところだ」

凌雲は背筋をしゃんと伸ばした。

「お琴、《沢屋》の皆は、トラジがお内儀さんを攻撃していると話していた。先ほどのお前も、己の言葉がトラジを駆り立てたと。トラジは獲物でも狙うように、お内儀さんを襲ったとな」

「はい。皆、そう思っています」

「それが間違っていたんだ。猫が獲物を襲うときは、ほんとうならこんな姿をしているはずだ」

凌雲は、マネキの絵の中から一枚を選び出して示した。

右下には《木の幹に止まった蟬を狙うマネキ》と書いてある。

身を低くしたマネキが、首を前に突き出すようにして前を凝視している。耳はぴんと立って口はしっかり閉じられ、尾の位置は低い。毛の流れは、水の中のカワウソのように身体にぴったり沿っている。

「先ほどのトラジの姿とは、どこもかしこも正反対ですね……」

美津は呟いた。

「そうだ。獲物を襲うとき、猫は己の身体をできる限り小さく見せて、獲物に勘付かれないように息を殺して気配を消す。逆に恐怖を感じたときは、毛を逆立て大口を開け、威嚇の悲鳴を上げることで己を実際よりも大きく強く見せて、何とかしてその場から無事に逃げおおせようとしているんだ」

「じゃあ、お琴さんのお母さまを襲ったときのトラジは、恐怖を感じていたんですね？」

「そうだ。恐怖で我を失って、廊下を一目散に走って逃げてきたところだ」

美津の言葉に、凌雲は大きく頷いた。

「でも、トラジはどうして怖い思いを？　私はトラジを傷つけるなんて真似は、決していたしません」

琴が眉根に深い皺を寄せた。

「煙草の匂いと同時に、あんたが新助に会いにすっ飛んで行ったからだよ」

「私が？　そんな、私はトラジを怯えさせるつもりなんて……」

琴がおろおろと眼を巡らせた。

「トラジは夕飯の後に、あんたと一緒に部屋でのんびりくつろいでいた。この六年間ずっと。いつもだったら、この後はぐっすり寝るだけだ。そんなときに、あんたが煙草の匂いと同時に、びくっと跳ね起きて、大慌てで身支度を整え出す。さらにトラジのことなんて目もくれずに、勢い良く外に飛び出していく」

「私の逢引きの所為ですか……」

琴は息を呑んだ。

直後に「ああ」と呟いて凌雲から眼を逸らす。新助と逢引きをするために、余程ばたばたと大騒ぎで支度をした心当たりがあるのだろう。

「トラジは、客人が来たくらいで怯えて行李の裏に逃げ込むような臆病者だ。あんたの異変は、身が細るような恐怖だったに違いない。あんたが新助と別れたかどうかなんて、トラジに伝える術(すべ)はないさ。煙草の匂いを嗅(か)げば、いつだって思い出す。トラジはあんたが跳ね起きる前に、一刻も早くその場から逃げようとしたんだ」

「それでトラジは、怖い異変が起きたお琴さんの部屋から逃げ出そうとして、廊下へ飛び出したんですね？」

「そうだ。泡を喰って廊下を駆け回っている途中で、最初に顔を合わせるのは襖を開け放った部屋のお内儀さんだ。そこで混乱したトラジは、思わずお内儀さんに襲い掛かったんだ」

「そんなことってあるんですか？　だって、お琴さんのお母さまは、何も悪くないのに……」

「人間さまも酔っ払いの喧嘩で頭に血が上って、仲裁してくれた何も悪くない奴をぼかすか殴ってしまった、という話を聞いたことがあるだろう？　驚いて心が乱れたときに、全く関係ない別のものを攻撃するのは、猫にはよくある話だ」

「そうだったんですね。やっぱり私のせいで、トラジが……」

琴が両手を胸の前で握りしめた。

ふと、背後で「にゃあ」というか細い鳴き声が聞こえた。

美津が振り返ると、行李の後ろからトラジが顔の半分だけを覗かせていた。我を失って恐慌しているわけではないが、凌雲と美津に警戒した目を向けて微動だにしない。

琴はそんなトラジを長い間、じっと見つめていた。

「凌雲先生。トラジを元の穏やかな猫にするには、どうすれば良いでしょう？　先ほど先生は、その方法をご存知とおっしゃっていましたね」

琴は力の籠った眼で凌雲を見上げた。

「そうだな。トラジを二度と怯えさせないためには、あんたの部屋は裏通りに面したここじゃいけない。いくら裏通りの喫いさしを綺麗に片付けても、いつまたどこかで通りすがりの誰かが煙草を喫うかもわからないからな。道行く人の煙草の煙が入って来ない部屋、できればお内儀さんが使っている、庭に面した部屋と替えるべきだ。もちろん、この屋敷の中では誰も煙草を喫ってはいけないぞ」

「それだけでいいんですか？　トラジに、煙草の煙はもう怖くないものだ、と教えてやる必要はないんでしょうか？」

琴が怪訝そうな顔をした。

「怖いものを減らして賢くしてやって、いつかは《沢屋》の跡取り婿さまに仕立てあげようとでもいうのか？　猫に道理を教え込むことなど、必要ない」

凌雲が琴の言葉を切り捨てた。

「トラジは獣のくせに、あんたの勝手でここにいるんだ。ここにいてくれてるんだ。トラジに余計な負担を掛けようなんて考えずに、少しでも楽しく穏やかに暮らせるように、あんたが心を配ってやってはどうだ？」

琴は、はっとした顔をした。

トラジが行李の後ろで「にゃあ」と細い声で鳴く。

「……わかりました。トラジが二度と怖い思いをしないために、決して煙草の煙が入らない部屋で寝かせてやります」

琴は思慮深げな顔で頷くと、まっすぐに前を見据えた。

十一

桜の花弁のような色をした鯛の活け造りを前に、善次が「うわあ」と喜びの声を上げた。

「今日の昼飯はずいぶん贅沢だな。お仙からの福渡しは、相変わらず浮世離れしている」

いつもは昼飯の献立などまったく気にしない凌雲も、さすがに口元が綻んでいる。

「いえいえ、お気になさらずね。これはぜんぶお美津ちゃんのお陰なんですから。善次、あんたもたくさん食べて、早くおっきくなるんだよ」

仙が己の頬に掌を当てて、上機嫌にほほほ、と微笑んだ。

「お仙ちゃんが、無事に春信さんに絵を描いてもらえることになって、心底安心したわ」

美津はほっと息を吐いた。

「ほんとうにありがとうね。恩に着るよ。お礼にいいことを教えてあげる。《沢屋》の娘のお琴が、次の春に、親の決めた家に嫁入りすることが決まったらしいよ」

「あら、それは良かった。お琴さんはどこにお嫁入りするの？」

美津は凌雲と顔を見合わせた。

「霊岸島（れいがんじま）にある乾物屋の《海彦屋（うみひこや）》って大店だよ。あそこの跡取り息子は奥手で太っちょだけれど、真面目で穏やかな男らしいよ。それに、無上の猫好きのくせに、飼い猫が死んだばっかりで気落ちしていたんだってさ。お琴は己の飼い猫のトラジを連れて、嫁に行くって話さ」

「猫好きの真面目な人なら、きっとお琴さんにお似合いですね」

美津が声を掛けると、凌雲は口元を僅かに上げた。

「こんにちは。凌雲先生、いらっしゃいますか？」

男女二人の重なった声に振り返ると、庭先で、見覚えのある若い夫婦がこちらを窺っていた。

「あっ、クロベエの……」

美津が言ったその時、女が「きゃっ」と声を上げた。

女の胸元で、真っ黒な仔犬が跳ね上がった。

「こら、クロベエ。お前のことじゃないよ。今言ったのは、先代の偉大なクロベエ兄さんのことさ」

女は優しく仔犬の頭を撫でた。

「新しい犬を飼うことにされたんですね？」

美津は庭に下りて、夫婦に駆け寄った。

「あれから俺も女房もクロベエが死んだってのが辛すぎて、毎晩、顔を突き合わせては泣いてばっかりだったんだよ。それがついこの前、近所の家で白犬が黒犬を産んだって聞いてね。こりゃもしかして、ご縁が来たってことなんじゃねえかって……」

「私は嫌だって言ったんですよ。クロベエを失ったときのような悲しい思いは、もう金輪際、御免だってね。もう一生、犬は飼いたくない、って言い張ったんです」

仔犬が女の頬をぺろりと舐めた。

「だから、俺は言ってやったんだよ。じゃあお前は、俺がいつかは死ぬから、って夫婦の縁を切って別れたほうが幸せか？　ってね」

男は得意げに胸を張った。

「動物だって人だって、どうせみんな死ぬんだろう？　だったら、今この時を少しでも楽しく笑っていられるほうがいいに決まってらあ。死ぬのを怖がってたら、何もできやしねえ。お内儀さんもそう思うだろう？」

男は力強い声で言って、女の腕の中の仔犬の頭を乱暴に撫でた。

「この人が言うのを聞いていたら、なんだかそれもそうだな、って納得しちまってね。気が付いたらこの子とべったりですよ」

女は仔犬の毛並みに顔を埋めた。

「今日はクロベエの顔見せがてらのご挨拶に、と思いましてね」

夫婦ははにかんで顔を見合わせた。

「用はそれだけか？　なら、私はこれから昼飯だ。先代クロベエの湿っぽい思い出話が始まる前に、とっとと帰ってくれ」

凌雲はぶっきらぼうに言って、卓袱台の上に眼を向けた。

「その節は、ご心配をおかけいたしました。先代クロベエのために存分泣かせていただいて、私たち夫婦は救われた気がいたしました」

女が丁寧に頭を下げた。

「あ、お二人とも。そこまでお見送りしましょう」

美津は夫婦と一緒に、玄関先まで回り込んだ。

「じゃあ、きっとまたいつか世話になるよ。もっともっと、ずうっと先がいいけれどな」

男がクロベエに優しい目を向けた。

「それと凌雲先生に謝っておいてくれ。この間は無茶を言って困らせて悪かったなって。命は一度きり……本当にその通りだよ。今、同じ時を生きている縁を、精一杯大事に生きて行くさ」

男が若妻の肩を引き寄せた。クロベエが夫婦の顔を交互に舐める。

「お絹さんと凌雲先生も、末永くお幸せになさってね」

女が男の胸元に顔を寄せた。

「えっ」

美津の心ノ臓がどんっと音を立てた。

「……あ、あの。私の名前は美津です。〝お絹さん〟ではありません」

「へっ？」

女が素っ頓狂な声を上げた。夫婦が引き攣った顔を見合わせた。

「嘘だろう？　小石川の凌雲先生っていったら、助手のお絹が、お内儀さんになったんだとばかり……」

「おいっ、馬鹿。やめろ」

男がしっと口を鳴らして、首を横に振った。

クロベエが男の珍しい仕草にはしゃいだ様子で、尾を振り回して「きゃん」と鳴いた。

「……もう、間違えられたのはこれで二度目ですよ。〝お絹さん〟ってのは、どれほどの別嬪さんなんでしょうね？」

美津は、クロベエの鼻先をちょいと押した。

顔も心も強張りきっての、意を決しての冗談だ。とてもじゃないけれど、夫婦の顔を見てこんなことは言えない。

夫婦は笑わない。居心悪そうな顔で一言二言、耳打ちをし合った。

「お美津さん済まねえ。こいつが悪いさ。この話は忘れてくんな、ってわけにゃいかねえよな？」

男が肩を竦めた。

「もちろんですわ。ちゃんと教えてくださらないと。このまま帰すわけにはいきませんよ」

美津は強引に笑った。指先をクロベエが軽く齧った。

男が、女の脇腹をくいっと肘で押した。

「……お絹ってのは、小石川で凌雲先生の助手をしていた娘のことなんですよ。働き者で気が優しくて、凌雲先生に一途な想いを寄せていたってね。おまけに男連中に小石川小町なんて呼ばれるくらい、きれいな顔をしているって評判でね。お絹の恋衣の行方を、年寄りたちがこぞって話の種にして面白がっていたんです。私のおっかさんも、そんな無遠慮な噂好きのひとりでしてねえ」

女が言いにくそうな顔をした。

「そ、そうでしたか。これですっきりしましたわ」

言葉の強さに眩暈を感じながら、美津はどうにかこうにか答えた。

仙の顔がちらりと胸を過る。狆を抱いて《鍵屋》へやってきた絹を、仙は「大して別嬪でもないくせに」ととぼけていた。

しかし考えてみれば、己の美しさに絶大な自負を持っている仙のことだ。他人の美醜にわざわざ嫌味を言うことからして、いつもとはすっかり調子が違った。

「でもそんなの、暇な年寄りが作ったでたらめですよ！」

女が力強く続けた。

「凌雲先生はお絹のことなんて、はなから相手にしちゃいませんよ。ただの妹分としか思っちゃいなかったに違いありません。ねっ、あんた。そうだよね？」

「おうっ！　そうだそうだ！　男はどれほどの別嬪に想われたって、心底惚れ込んだ女としか夫婦にゃならねえさ！」

男が付け元気の明るい声で言い切った。

美津は大きく息を吸い込んだ。

その時、庭のあたりでわっと笑い声が聞こえた。

「凌雲先生、それはおいらの分です！　お仙さんがおいらのために、わざわざ身に脂が乗ったところを取り分けてくれたものです！」

「知らん。お前がぼけっとしているのが悪いんだ」

「あらあら凌雲先生、大人げない真似は止めて下さいな……って。お美津ちゃんだったらこう言うに違いないよ。どうだい？　善次、似ていたかい？」

乾いた冬の空に、犬たちの吠え声と皆の笑い声が重なった。

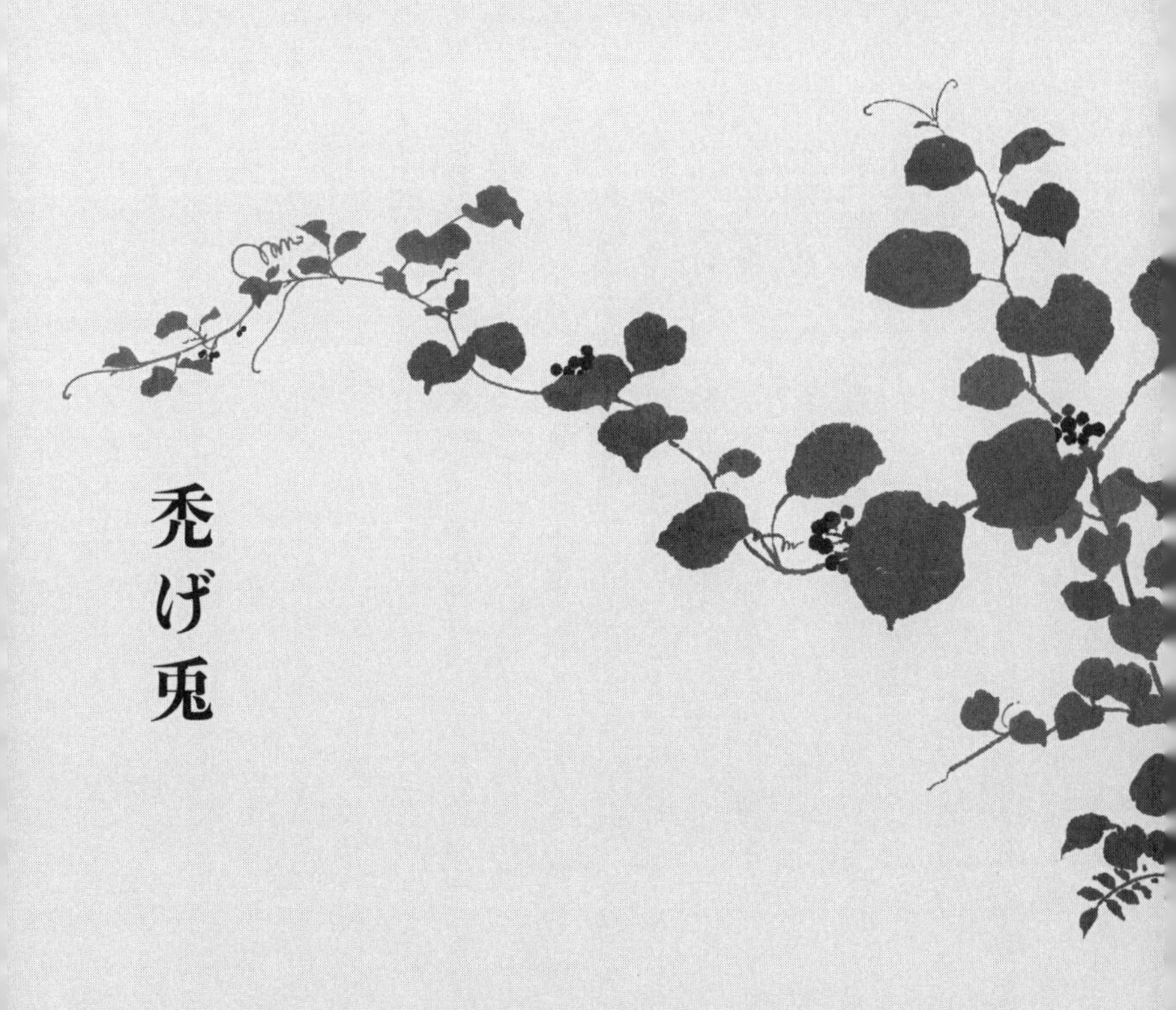

禿げ兎

一

朝飯の器を片付けて卓袱台の上を手早く拭いた。庭から吹き込む冷たい風に、濡れた台拭きを握る指先がかじかんでいる。

「マネキ、ちょっと、どいてちょうだいな。そろそろ飼い主さんがいらっしゃるわよ」

つい先ほどまで凌雲が座っていた座布団で、早速マネキが丸くなっていた。

マネキは美津の声に両耳を動かしてから、改めて悠々と目を閉じた。人肌の温もりの残った座布団から、梃子でも動かない様子だ。

「もう、じゃあ、こっちなら良いでしょう？　凌雲さん、ここを片付けている間、マネキを抱いていて下さいな」

美津はマネキを両脇から抱き上げた。縁側で犬たちを眺める凌雲の腕の中に押し込む。

「おう、マネキやマネキ。こっちへおいで」

凌雲が懐を開いた。

犬たちはこの寒さなぞものともせずに、白い息を吐いて庭を駆け回っている。

美津はマネキを凌雲に任せて、部屋の隅から隅まで丹念に掃き掃除をした。

衣桁に吊るしていた凌雲の着物を、袖畳みで片付ける。凌雲が身なりにちっとも構わないせいで、着物はずいぶん皺が寄ってくたびれている。

「まあ、凌雲さんったらこんなにして。いったい、どんな着方をしたらこれほど皺くちゃになるのかしら」

小さく笑った。近いうちに一度火熨斗を使って皺をしっかり取り去らなくては、と思う。

ふと、着物を抱いた手が止まった。

己と同じ笑顔で凌雲の着物を畳む、どこかの誰かの姿が立ち浮かぶ。

「凌雲さん、ちょっと良いですか？」

案外、大きな声が出た。

マネキの柔らかい腹に手を突っ込んでいた凌雲が、顔を上げた。

「どうした、お美津？　そんな硬い顔をして」

美津は凌雲を真正面から見据えて、ぐっと黙り込んだ。

善次には台所で水場の掃除を任せている。つい先ほど始めたばかりだから、しばらくは戻ってこないだろう。

マネキにも犬たちにも、話の内容を聞かれやしないかと気にする必要はない。

だが凌雲とまっすぐに顔を合わせると、言葉が喉元で止まってしまった。「このままで良い。このままが一番良い」との声が頭にちらつく。

「凌雲さんと私、二人きりになれませんか？」

口から飛び出したのは、己でも驚くような言葉だった。

「へっ？」

凌雲が目を瞠って訊き返す。

「……え、えっと、私は、凌雲さんと二人で出かけたことが、一度もありません」

頭の中が真っ白だ。美津は眼をあちこちに巡らせながら、どうにか言葉を続けた。

「私がこの家に来てから、立て続けに白太郎に黒太郎に茶太郎、そして善次もやってきて、賑やかで楽しい家になりました。ですが私たちは、夫婦なのに一度だって二人きりで外を歩いたことがありません。それはほんとうです」

美津は口元をへの字に結んだ。

目頭に涙が浮かびそうになる。慌てて手の甲をぎゅっと抓った。

凌雲は両腕を前で組んで、しばらく黙っていた。

「……言われてみれば、お美津のいうとおりだ。では明日、二人で両国へ見世物小屋でも眺めに行こう。犬たちには留守番をさせて、善次は一日くらいお仙に預かってもらえば良いだろう」

「明日、ですか？　そんなに急な話だとは……」

美津はぎょっとした心持ちで身を引いた。

「早い方がいいだろう」

凌雲はぼそっと答え、庭に眼を戻した。

どういう意味ですか？　と訊き返そうとしたその時、玄関先から男の声が聞こえた。

「おーい、凌雲先生！　いるかい？」

砂利を踏む足音が、ずいぶん乱暴だ。よほど切迫した相談かもしれない。

「はいはい。今日は、どうされましたか？」

慌てて庭に駆け下りると、知った顔がそこにあった。

「あら、春信さん。お久しぶりです」

絵師の鈴木春信が、眉根に深い皺を寄せていた。小さな竹籠を胸の前に抱いている。

「ああ、あんた、毛玉堂のお内儀さんだったんだってな。お仙から聞いて驚いたよ。俺の見立てによりゃ、人妻にしちゃあどうにも色気が足りねえ、って思っていたんだけれどなあ。まるで嫁入り前の生娘みてぇな風貌だって……。い、いや、そんなこたぁ、今日はどうでもいいんだ」

春信は大きく左右に首を振った。

「凌雲先生、耳麻呂が大変なんだよ！　助けてくれ！」

春信は墨だらけの手で竹籠を掲げた。

生まれたばかりの赤ん坊くらいの大きさしかない、小さな小さな竹籠だ。

「耳麻呂とは何だ？」

凌雲が尋ねた。庭先に下りる。

「兎だよ。三歳になる牡の兎さ。生まれてすぐに貰ってきて、俺がこの手で育ててやった大事な家族なんだ」

「兎ですか。それは珍しいですね」

美津は凌雲の手元を覗き込んだ。

江戸の人々が好んで飼う動物は、やはり犬猫が最も多い。

犬猫は顔つきの可愛らしさに加えて、人に馴れやすいからだろう。

兎も可愛らしい見た目では負けてはいない……どころか女子供には、犬猫よりもはるかに人気がある。

だが、いかんせん、臆病すぎて滅多に人馴れしない。もう少し愛想が良い習性ならば、長い耳を鳥の羽だなんて言い訳に使われて食用にされることもないのに、と思うと不憫な話だ。

竹籠の蓋が開くと、長い耳の真っ白な兎がひょこんと顔を出した。

「まあ、なんて可愛らしい……」

美津は甘い声を上げた。

綿毛のように柔らかそうな純白の毛並み、無表情で鼻先だけを細かく動かす仕草、つぶらな黒い瞳は濡れて光っている。

着物や小物の柄にこぞって使われる訳がよくわかる。一度でも目にしたら胸を摑んで離さない心底愛らしい姿だ。

「そうだろう？　耳麻呂は、お江戸の兎の中でおそらく一、二を争う色男だぜ」

春信は得意げに、にやっと笑った。

「……これはひどいな」

凌雲の言葉に、春信ははっと真面目な顔をした。

「そうなんだ。この数日で、こんなに広がっちまったんだよ」

二人の眼の先は耳麻呂の大きな耳の裏側、ちょうど頭の後ろ側のところに向いている。

美津も覗き込んだ。

「まあ、後ろのところに禿げが……」

耳麻呂の頭には、子供の拳ほどの大きさの禿げができていた。

禿げた部分は毛がまったくなく、桃色の地肌が浮き出している。一見したところでは地肌に腫れや傷はないようだ。

「そうなんだよ。耳麻呂が禿げ上がっちまったんだ。これまでこんなことは一度もなかったってのに……」

春信が難しい顔で頷いた。

「痛みや痒みは、感じていないようだな」

凌雲が指先でそっと耳麻呂の禿げに触れた。耳麻呂はけろっとした様子で、あらぬ方を向いている。

「ここ最近、何かいつもと変わったことは起きたか？」

凌雲の問いに、春信は渋い顔をした。

「お仙だよ。ここ最近っていったら、お仙しかいねえ」

春信は額に手をやった。

「お仙ちゃんがどうかしたんですか？　春信さんは、お仙ちゃんの絵を描いているんですよね？」

美津は怪訝な心持ちで訊いた。

「そうさ。あのお仙って女、この世のものとも思えねえような綺麗な顔をしてやがって、おそらく相当腹黒い奴さ。これまでもずいぶん、ろくでもねえことをしてきたはずだよ」

「な、なにを言うんですか!?」

美津は目を剝いた。

「可愛い耳麻呂を抱きながら、いつかこいつを鍋にして喰ってやろうとか、そんな恐ろしいことを考えているに違いねえ。もしかしたら、こっそり耳麻呂の尻を抓っていやがるのかも……。お仙って女は、そんな稀代の悪女(あくめ)なんだよ」

春信がぞっとしたように二の腕を擦った。

「やめてください！　お仙ちゃんは、いい娘ですよ！」

むっとして口を挟んだ。

「耳麻呂は、お仙の妖気にあてられたんだ。それで気を病んで、こんなにおっきな禿げができちまったのさ」

春信は少しも話を聞いていない。

「そんな嫌なことを言うんだったら、お仙ちゃんを描くのを止めたらどうですか？　きっと出来上がる絵だって、お仙ちゃんのお嫁入りの役に立つかどうか……」

言いかけて慌てて口を噤(つぐ)む。

「とにかく、お仙ちゃんを妖怪みたいに言わないでくださいな。あなたがどうしてもって頼んだんですよ。嫌なら絵を描くのを止めてください」

美津が改めて頰を膨らませると、春信はあっさり首を横に振った。

「いや、止めねえ。俺の絵にはお仙が必要なんだ。絵師として生まれたからにはあの女を描き切らなけりゃ、俺は一歩も先に進めねえんだ。あの女の本性を、この筆でどうにかして描き尽くしてえんだ」

春信は目を見開いて、そこだけはきっぱりと言い切る。

「そんな勝手な話……」

美津は鼻から勢い良く息を吐いた。

「お前が絵を描くときに、お仙が耳麻呂を抱いているのか？」

凌雲が訊いた。己の顎を撫でながら、耳麻呂をじっくり検分する。

「そうだよ。耳麻呂はこれまでずっと俺の絵の手本になってくれたんだ。お仙以外にも、お侍や金持ちのご隠居とか、耳麻呂を抱いて絵を描いてやった奴がいっぱいいるさ」

「耳麻呂に禿げができたのは、これが初めてだな？」

凌雲は念を押した。

「そうだよ。お仙が来てからだ」

春信は〝お仙〟と言いながら、身震いをしてみせた。大仰すぎて悪乗りして見える。

「後で、お前の仕事場に行こう。いつもと同じように、お仙と耳麻呂の絵を描いてみせてくれ」

「わかったよ！　おい、耳麻呂。凌雲先生が診てくれるぞ。よかったな。これでお前の禿げもすぐに治るに違いねえ」

春信は耳麻呂に頬擦りをした。

「お仙ちゃんが、〝稀代の悪女〟だって……。失礼しちゃう。お仙ちゃんは心のきれいないい娘よ」

軽い足取りで去っていく春信の足音に向かって、美津はひとり呟いた。

「……ありがとうよ」

か細い声にぎょっと飛び上がった。

生垣の隙間から、肩を落として萎れ切った仙が現れた。

「お仙ちゃん、もしかして、今のをぜんぶ聞いていたの？」

美津は凌雲と顔を見合わせた。

「聞いていましたよ。聞いていましたとも……」

仙は青ざめた顔で嘆いた。

「耳麻呂の調子は、私だって気になっていたんだよ。毎日、いい子いい子って大事に可愛がってやっている兎さんが、私の目の前でどんどん禿げ上がっていくんだからね」

「お仙は、耳麻呂が気に病む出来事に心当たりはないのか？」

凌雲が訊いた。

「耳麻呂はとても人に馴れた子だよ。私と一緒にいるときだって、辛そうな素振りなんてちっとも見せやしないさ。いつだって嬉しそうに近寄ってくるんだから」

仙は両手をこめかみに当てて、その場にへたり込んだ。

二

「ねえ、お仙ちゃん。きっと耳麻呂の禿げは、お仙ちゃんのせいじゃないわよ。春信さんたら、趣味の悪い思い込みが過ぎるわ。そんなに気落ちしないで」

美津は慰めた。春信の言いがかりに心から腹が立つ。

「凌雲さん、そうですよね？　兎がお仙ちゃんを恐がって禿げをこしらえるなんて、そんな話、でたらめですよね？」

　凌雲に目配せをした。

「いや、そうとも言い切れない。何か気に病むことがあって毛が抜ける、という異変は人にも獣にも、ちゃんとある話だ」

　凌雲は思案気な顔だ。

「凌雲さん、お仙ちゃんの前なんだから、ちょっとくらい……」

　咄嗟に文句を言おうと口を開いたところで、しゃがみ込んでいた仙に手をがしりと摑まれた。

「お美津ちゃん、私はあんたが羨ましいよ。なんてったって、初恋の相手と夫婦になることができたんだからさ」

　仙の顔は涙で濡れている。目元の化粧が溶け出した黒い涙だ。

「ちょ、ちょっと、お仙ちゃん、やめてよ」

　凌雲の顔を素早く窺って、声を潜めた。

　凌雲は怪訝そうな顔で首を傾げる。

「私はさ、この絵の出来栄えに己の恋衣を懸けているのさ。〝妖気〟を放って兎さんをつるっ禿げにするような女を、どこの誰が嫁にもらいたいと思うんだい？　世間の皆に、私が旗本倉地家の御正室に相応しい、って思わせなかったら、政さんと夫婦にはなれないんだよ。少しでもしくじったら、もう政さんの幸せを想って身を引かなきゃいけないんだ。それからあとは政さんを忘れることができないまま、どっかの遠くの金持ちのところにでも嫁ぐことになるんだろうさ」

　仙は少々演技がかった口調で、よよよ、と泣いた。

昨今の江戸の流行りからすれば、政之助との仲がうまく行かなければ一思いに自害する、とでも言い出しそうなところだ。だがそこは、さすがに仙はしたたかだ。

「お美津ちゃんも凌雲先生も、私の懸命さが伝わっているかい？　心から想う政さんと、共に命果てるまで毎日ずっと顔を合わせて過ごせるか、それともここいらで、そろそろ今生の別れになっちまうか。今はまさにその瀬戸際なんだよ」

仙は熱っぽい口調で訴えた。

「お仙にとって、色恋とはずいぶん大事なものだな」

凌雲が呟いた。

美津の胸元で動悸がどんっ、と強く鳴ったのがわかった。

「もちろんですよ！　人を想い、その人と時を過ごすより大事なことなんて、他に何もありゃしませんよ！」

仙は背筋を伸ばして啖呵を切った。

「お仙ちゃん、大丈夫よ。お仙ちゃんが兎をいじめるような性悪女じゃないって、私はようくわかってる。きっと凌雲さんが助けてくれるからね」

凌雲の顔をまともに見ることができない心持ちで、仙の肩を抱いた。

「耳麻呂の禿げの理由を探し出して、春信の思い違いをしっかり正しておくれよ。あんな態度で私の絵を描くなんて言われたら、どうせぎらぎら艶っぽい下品な女の絵が出来上がるに違いないさ」

仙は悔しそうに目を細めた。

「確かに、春信はお仙ちゃんが〝悪女〟だって、妙な妄想に盛り上がっているわね……」

美津は、春信のどこか浮かれた顔を思い出した。

「私を描くってんなら、お屋敷の奥で育ったお姫さまみたく、男を知らないおぼこな生娘みたく、清く正しく美しく描いてもらわなきゃ困るんだよ。そうじゃなきゃ、まわりの奴らに仲を裂かれちまうんだよ！」

仙は溶け落ちた化粧で顔中をどろどろにして、拳を振り回した。

三

春信の家は神田白壁町不動新道にあった。

白壁という名のとおり、左官職人が多く暮らす町だ。近くに横大工町、鍛冶町が集まっている。通りでは独り身をあてこんだ喰い物の屋台が、醬油の炊ける旨そうな匂いを漂わせている。職人たちの活気に溢れた下町だ。

そんな町並みに少々不釣り合いな大きな屋敷が、春信の仕事場兼自宅だった。

「良い家にお住まいですね」

美津が呟くと、春信は別段嬉しくなさそうな顔をした。

「そうかい？　ただの貰いもんさ」

春信の見窄らしい見た目からは、こんな小綺麗な屋敷に住んでいるとは思いもしなかった。絵の仕事でたくさんの金が入っているはずがないので、おそらく生家が金持ちに違いない。

庭に面した広い部屋の中には、墨の匂いが漂う。絵の道具が所狭しと並んでいた。

「ここんところ毎日、こうやってお仙に縁側で過ごしてもらうんだよ。膝の上の耳麻呂も一緒にな」

春信が、縁側廊下に腰掛けた仙を手で示した。

「はい、そのとおりでございます」

仙はいつもよりも数段高い裏声で、おしとやかに答えた。柿色の吉野格子風の小袖に、折枝紋を散らした藍色の前垂れをつけている。絎紐を扱き帯代わりにした前垂れ姿といえば、水茶屋の娘の定番だ。ずいぶんと気合いの入った正装だ。

身のこなしはしなやかで、身体中のどこもかしこもがうっとりするような女らしい線を描く。さすがの美しさだ。だが今日の仙は、少々化粧が濃すぎるようにも見えた。

髪は今朝方髪結いに結って貰ったようにかっちり整い、唇は紅で光り過ぎてまるで天麩羅を食べたばかりのようだ。

春信に己の絵を描いてもらう機会に、真剣に倉地政之助との恋衣の行く末を懸けているのだろう。仙の気迫はじゅうぶんに伝わってきた。

とはいえ厚化粧で澄ましている仙よりも、毛玉堂の庭先で美津とおしゃべりしている姿のほうが何倍も生き生きと美しいのに……と、もったいない心持ちにもなる。

「耳麻呂を放してみてくれ」

凌雲が春信に眼で頷いた。

「お、おう。耳麻呂や。そろそろ仕事の時間だよ、っと」

春信が部屋の隅の竹籠を開けると、耳麻呂がひょっこり顔を出した。美津と凌雲が見つめていても物怖じする様子はなく、ぴょん、と竹籠から跳ね上がる。

「耳麻呂ちゃんや、こっちへおいで」

仙が指先を揺らした。

耳麻呂はしばらく鼻をひくひく動かして周囲を見回してから、まっすぐに仙のもとへ向かった。

「よしよし。いい子、いい子」

仙はそっと耳麻呂を抱いて、膝の上に乗せた。

「絵を描き始めてくれ。いつもとまったく同じ手順でな」

凌雲は両腕を前で組んだ。

「いやあ、こんなにたくさんの人が犇めき合ってたら、いつもとまったくおんなじってわけにゃ……」

春信は軽口を叩きながら、筆を手に取った。

途端、春信の目が見開かれた。

口元が一文字に噤まれて、鼻の穴が広がる。

春信の筆先が小さな一つの点を描く。一つ、また一つと重なってゆく点が、気付くと水の流れのように力強い線となっている。

顔の片側だけに光が当たった仙は、艶めかしい横目を保ったまま耳麻呂を撫でる。

部屋の中に、張り詰めた気配が宿っている。

耳麻呂の口元だけが、呑気にもぐもぐと動いていた。

「休憩だ」

四半刻が経った頃、いきなり春信が筆を放り投げた。

気を張って奥歯を噛み締めていた美津は、ほっと息を吐いた。

「皆さま、お疲れさまでございます」

仙が白々しい口調で、美津と凌雲を見回した。

仙は足元に置いていた風呂敷包みをごそごそやって、竹筒を取り出した。竹筒に口をつけ喉を鳴らして、美味そうに水を飲む。

絵の手本として、春信から刺すような眼力で見つめられ続けるのは、傍から見るよりもずっと気が疲れる仕事に違いない。

「春信が絵を描いている間、耳麻呂はお仙が手で押さえているのか?」

凌雲が、仙の膝の上にちょこんと鎮座した耳麻呂に眼を向けた。

「いいえ。私はこうやって、時おり優しく撫でてあげているだけでございます。耳麻呂は己から、望んで、ずっと私のそばにおりますの」

仙は膝の上の耳麻呂を、そっと撫でた。

耳麻呂は目を細めた。仙の指先が頭の後ろの禿げに触れても、驚く様子はない。

「凌雲先生、お仙の話はほんとうだ。耳麻呂は兎のくせにかなり人馴れした性分なんだ。寒い時季は特に人肌の温もりが心地いいんだろうな」

春信が頷いた。

「このだだっ広い部屋は、夜はかなり寒そうだな。お前は耳麻呂と一緒に寝ているのか？」

「いや、一緒に寝てやりたいのはやまやまなんだけどな。俺はすごく寝相が悪いから、寝ているうちに耳麻呂を押し潰しちまいそうで怖いよ。耳麻呂は俺とは別のところで、あったかくして寝ているさ」

春信が頭を掻いた。

仙は二人の話に関心を失った様子で、風呂敷包みから化粧の道具を取り出し、念入りな化粧直しを始めた。

「あら、おサビ姐さん。おかえりなさいませ。今日もお邪魔していますよ」

仙が手鏡を握って髪を直しながら、微笑んだ。

黒、茶の色が渦のように混ざり合った錆猫(さびねこ)が庭の隅から顔を覗かせた。すい、と仙の横を通り抜けて部屋に上がった。

「ああこいつは、おサビってんだ。可愛いだろう？　こいつもずっと前から、いくつも俺の絵の手本をしてくれている奴だよ」

春信は目を細めた。

「動物がお好きなんですね？」

美津は声を掛けた。

「ああ、好きさ。あったかい毛並みを撫でていると、嫌なことはぜんぶ忘れちまう。それに俺は、あいつらがその場に一緒にいるときの人の姿が、たまらなく好きなんだよ」

春信の熱い口調から、絵について話しているとわかった。

「動物を可愛がっている人の姿、って意味ですか？」

「いや。わざわざ撫で回したり、頬擦りなんてしなくていいんだ。動物を膝にぽいっと乗っけたり、背中でその気配を感じて過ごしている人の姿。それって、とんでもなく肩の力が抜けた、いい光景に見えるだろう？」

春信がにやっと笑った。

「確かに動物はその場にいるだけで、人の心を和ませますね」

美津は三匹の犬と一匹の猫が走り回る毛玉堂の庭を、心に描いた。

「そう思うだろう？　だから俺は、これからも耳麻呂をずっと描いていきてえんだよ」

春信は急に悲し気な声になった。

仙が横顔を強張らせて、手鏡を巾着袋にしまい込む。

「凌雲先生、どうか耳麻呂の禿げを治してやってくれよ」

春信はぺこりと頭を下げた。

四

「お美津、支度はできたか。その着物で良いのか？」

犬猫の爪痕だらけの廊下を苦心して雑巾がけしていたところで、凌雲に声を掛けられた。

「えっ、何の支度ですか？」

「両国に行くと言っていただろう。もう先ほど、善次はお仙が連れて行ったぞ」

あっと声を上げた。

「ほんとうに行くんですか!?　だって昨夜ちっともそんな話……。耳麻呂の騒動で立ち消えになったとばかり……」

「私とお美津は、そのように約束をしていただろう。日を改めるなら前夜にきちんと話すが、約束どおりなら何も言わないのが当たり前だろう」

凌雲は困った顔をした。

「行きますっ、今すぐに行きますっ！」

凌雲のことだ。「なら、今日はやめておこうか」とあっさり言い出されてもおかしくない。

美津はたすき掛けの紐を勢い良く解くと、大慌てで一張羅の着物に着替えた。髪を直して紅を引いた。

「お美津は、女子とは思えないほど身支度が速いな。お仙が手鏡を覗いて髪を直すほどのわずかな間に、そっくり見違えるようだ」

目を瞠った凌雲を引っ張るようにして、外へ飛び出した。


足元の悪い川沿いの道を一刻ほど歩く。

風は冷たいが陽の光が心地よい。凌雲の早足に置いて行かれないように急いでいると、次第に額に汗が滲んだ。

「凌雲さん、ちょっと待ってください。もう少しだけ、ゆっくり歩いてくださいな」

息を切らして声を掛けると、凌雲は「ああ、これは悪かった」と素直に答えて歩を緩める。

だが少し経つと、凌雲の歩みはいつの間にか元の速さに戻っている。

「お美津、済まないな」

凌雲が振り返って、頭を掻いた。

連れ立って外を歩いていると、お互いの歩みのいびつさが際立つ。凌雲の心がより遠くに感じる。私たちは夫婦同士だっていうのに、ひょいと手を繋いで凌雲に甘えることさえできない。

置いていかれないようにと懸命に追いかけているうちに、草履の鼻緒が足に当たって鈍い痛みを放つようになった。

ようやく両国橋に辿り着いた頃には、いつも動物の間で駆け回っているときの何倍も身体が重くなった気がした。

武蔵の国と下総（しもうさ）の国とを繋ぐ両国橋の袂には、大川に面して多くの店が集まっていた。

粗末な造りで見栄えだけ大きい見世物小屋がいくつも立ち並ぶ。大川沿いには両国名物の幾世（いくよ）餅（もち）を出す水茶屋が暖簾（のれん）をはためかせている。表通りは立ち喰いの屋台や小物を売る出店で、祭りの縁日のように賑やかだ。

祝言前の男女は、大っぴらに身を寄せ合って歩くなど考えられない。両国を楽し気にぶらついている男女は、夫婦同士の落ち着きがある者たちばかりだ。

凌雲を必死に追いかけて華やかな大通りを歩きながら、美津は急に己の姿が恥ずかしくなってきた。

慌てて着替えたのは、祝言のお祝いに、と仙からもらった朱鷺（とき）色に井桁絣（いげたがすり）と十字絣のあしらわれた小袖だ。仙が振り袖としてどこかの大金持ちから献上されたものを、気前よく袖を切って贈ってくれた。

初めて見たとき、観音さまの薄衣のような朱鷺色の美しさに息を呑んだ。

いつの日かこんな綺麗な着物を着て、凌雲と二人で出かけたい。そんな夢を心に描きながら、大切に手入れをしてしまっておいた小袖だ。

だがお天道さまの下をふうふういって歩いていると、朱鷺色はそこだけ仰々しく見えるような気がした。

いつもの美津のように、藍色小紋で何の気負いもなしに歩いている女を目にするともういけない。柄にもなく飾り立てた、己の惨めさが際立つような心持ちになってしまう。

歩を進めるうちに、どんどん心が萎れていった。

「見世物小屋でも入ってみるか？」

凌雲が周囲を見回した。

「いえ、いいです。見世物小屋なんて、そんなもの凌雲さんはつまらないでしょう？」

美津は焦って手を顔の前で振った。

凌雲と二人きりで出かけたい、とむきになっていた己が、なんだか途方もなく悲しかった。

「いやあ、そんなことはないが……。なら、水茶屋で幾世餅でも喰うか」

凌雲が不思議そうな顔で美津を覗き込む。

「はい、そうしましょう。凌雲さんは歩いてくたびれたのですね？　それならぜひぜひ、お茶を飲みましょう」

美津はぎこつない口調で、大きく何度も頷いた。

通りに面した水茶屋の床几(しょうぎ)に、並んで腰かけた。焼き餅に餡(あん)をからめた幾世餅を突っついた。

「水茶屋の娘を見ると、嫌でもお仙を思い出すな」

大川の流れを眺めながら、凌雲が苦笑いを浮かべた。

「お仙ちゃんと耳麻呂、大丈夫でしょうか？　私には、とてもうまく行っているように見えましたけれど」

こんな話をするときは、さっきまでの居心悪さが嘘のように、言葉が滑らかに出てくる。

「そうだな。だが耳麻呂の禿げは、怪我でもなければ肌の病でもない。気苦労からきていると思うのが最もありえる話だが……」

「でもお仙ちゃんのせいじゃありませんよ。きっと他に、あの家には耳麻呂の気苦労の理由があるんです」

美津の言葉に、凌雲は真面目な顔をして「うむ」と頷いた。

ふいに、隣の床几でどっと笑い声が聞こえた。

屈強そうな男ばかり五人ほどの輪の中、一人の男が、大きく身体をのけぞらせて美津にぶつかった。

「きゃっ！」

握っていた湯呑みから、茶が零れた。

朱鷺色の小袖に湯の染みが広がり、小豆色に変わった。

酒臭い匂いが漂った。何がおかしいのか、再びどっと笑い声が起きた。

よく見ると、男の袖口から色鮮やかな入れ墨が覗いている。昼間から酒を飲んで水茶屋娘を眺めにきた、やくざまがいの男たちだ。

「おやっ？　お嬢さん、ずいぶんとめかし込んでいるねえ。まるで深川の女郎みてえないで立ちだ。こりゃ、よほど気張った逢引きかい？」

顔を真っ赤にした男が、身体を揺らしながら絡(から)んできた。ひどく悪酔いしている様子だ。

男は美津の小袖をべたついた手で無遠慮に触った。

「おいっ、やめろ。まずはぶつかった詫びを言うのが筋というものだろう？」

凌雲が眉を鋭く吊り上げた。

「何だと？　この野郎、やるか？」

男が声を荒らげて袖を捲った。般若の柄の入れ墨に、肝が冷えるような心持ちになる。

「凌雲さん、私は大丈夫です。もう行きましょう」

美津は慌てて凌雲を押し留めた。

「凌雲だって？　聞いた名だぞ？」

男の動きが止まった。凌雲の全身をまじまじと眺める。

「そうだ、凌雲だ。お前は、小石川を追ん出された藪医者だな！　末吉(すえきち)は俺の幼馴染だ。お前があいつの家族に何をしでかしたか、忘れたとは言わせねえぜ！」

男の目に、本気の怒りが浮かび上がった。唾(つば)を飛ばして怒鳴る。額に青筋を立てて拳を握る。

美津ははっとして凌雲の横顔を見上げた。

背後の男たちが、「やっちまえ！」と野次を飛ばす。

男を睨み返す凌雲の顔色は蒼白だ。

「ちょいと、おやめくださいな！　お客さん同士で喧嘩を始めるなら、今後うちには出入りを断らせていただきますよ！」

水茶屋の娘が、大声で割って入った。

「ほらほら、お静まりなさいな。金輪際、私に会えなくなっちまってもいいんですか？」

酔っ払いに抱き付くようにして、耳打ちをする。

「せっかくのところ、すいませんね。このお客さん、どうにも酒癖が悪いんですよ。ほんとうは優しい、いい人なんですけれどねえ」

水茶屋の娘が、美津と淩雲に目配せをした。

「ほら、お客さん、ご夫婦に謝りなさいな」

男は怒りが収まらない顔で荒い息を吐いた。

「ほんとうのことを言って、何が悪ぃんだ。こいつは、末吉の赤ん坊を殺そうとしやがったんだ！」

美津は息を呑んだ。

「お偉い名医のセンセイは、俺たちみてえな下々の者のことなんて、馬鹿にしてやがるのさ」

男の背後から野太い声が飛んだ。

「なんだ、かかって来いよ。意気地のない野郎だな。そんなんだから〝お絹〟にも愛想を尽かされちまったのさ」

男が得意げに唇を歪めて、美津の顔色を窺った。

「こらっ！　何てこと言うの！」

水茶屋の娘が血相を変えて、男の背中をぴしゃりと叩いた。

「お美津、帰るぞ」

凌雲が銀一匁(いちもんめ)を放り投げて、立ち上がった。

五

「おうい、お美津ちゃん、戻ったよ」

夕刻ごろ、善次の手を握った仙が庭先へやってきた。

「ああ、お仙ちゃん、今日はありがとうね。善次、いい子にしていた？」

「おいらは、いつでもいい子です」

澄まして答える善次の頬が、真っ赤に火照っている。

「心配は要らないさ。善次は相変わらずの気い使いだよ。昼飯のあとに、春信に絵を見てもらったんだよねえ」

仙が善次の頭を撫でた。

「そう、そうです！　春信さんに、絵を教えてもらったんです」

善次が堰(せき)を切ったように喋り出した。

「春信さんの筆運びは見事でした。同じおサビを手本に描いていても、おいらの描く絵は、ただおサビの姿かたちを写し取るだけ。なのに春信さんの描くおサビには、はっきりと血が通っているんです！」

「おサビって、あの、春信さんのうちにいた大きな錆猫？」

美津が訊くと、善次は大きく頷いた。

「春信さんの描くおサビは、命を宿して生きているんです！　ただ丸まって眠っているだけなのに、おサビの面倒見が良くて心優しい姐さん肌の心根が、こっちにまで伝わるんです！」

「ま、まあ、それは良かったわねえ。春信さん、変わり者に見えたけれど、ほんとうはすごい人なのねえ……」

美津は善次の意気込みに取り残されたような心持ちで、ひとまず答えた。

「春信のところの動物は、きっと小さい頃から手本にされてばかりいるから、心根が太いのさ。あのおサビって子も、見慣れない客人の私にべったりだよ」

猫好きの仙が、嬉しそうに言った。

「そうそう、お仙ちゃん。これ、お土産よ」

美津は幾世餅の包みを仙に渡した。

「あらあら、お構いなく。幾世餅ってことは両国かい？　ずいぶん賑やかなところに行ったんだねえ。凌雲先生、両国はいかがでしたか？」

仙は、部屋の隅で薬包を作っている凌雲に声を掛けた。

「ああ、良いところだったぞ」

凌雲の答えは取り付く島もない。

水茶屋での騒動の後は、これまで以上にぎこつない雰囲気のまま、ろくに話もせずに家に戻ってきた。

「良いところって、そんなのは知ってますよ。もっとこう、夫婦二人で仲良くどこへ行ったのかとかねえ、そんな話を聞きたいなあっと……」

仙が拍子抜けしたような顔で、美津に眼を向けた。

美津が小さく肩を竦めると、仙が何か察したように口を噤んだ。

「そ、そうだ、お仙ちゃん。耳麻呂の様子はどう？」

美津は気まずい心持ちを隠すように訊いた。

「ああ、耳麻呂はいつもどおりだよ。嫌がっている様子もないから、一緒に縁側で過ごしているけれどさ。腹の中では私を怖がっているのかねえとか、こっちのほうがいろいろ考えて気を使っちまうよねえ……」

仙は真面目な顔で答えた。

「善次、お前がいる間、耳麻呂はどう過ごしていた？」

凌雲が己の手元を見つめたまま訊いた。

「えっと、耳麻呂は籠から出されると、お仙さんのところへ寄っていきます」

善次は頭の中の光景を辿るように、眼を空に向けた。

「春信さんがお仙さんを描いているときに、お仙さんの手から人参を貰って喰います。小さく切った人参を一本の半分ほど。それからお仙さんの膝の上に乗ったり、縁側廊下をうろうろしたりして遊びます」

善次の答えは、人の思い込みがまったくなくわかりやすい。凌雲が毛玉堂へやってくる飼い主に問いかけている姿を、常に目にしているからだろう。

「昼飯のときは、耳麻呂はどこにいるんだ？」

「耳麻呂の食事は朝晩の二回です。人が昼飯のときは、のんびり昼寝をして過ごしています」

「昼飯のあとは？」

「朝と同じです。縁側廊下を、好き勝手にうろうろしています」

善次は生真面目に答えて、話はこれで終わりだ、というように頷いた。

「耳麻呂はほんとうにお気楽な様子で、みんなと仲良く過ごしているんだよ。昼寝のときだって、おサビ姐さんと仲良く身を寄せ合って……」

仙の言葉に凌雲が顔を上げた。

「お仙、今、何て言った？」

「えっ？　耳麻呂は、ほんとうにお気楽な……」

「その後だ」

「昼寝のときだって、おサビ姐さんと仲良く身を寄せ合って……ってやつですか？　これがどうかしたんです？」

仙が怪訝そうに首を傾げた。

「わかったぞ。耳麻呂の禿げの因は、やはりお仙、お前だ」

「えっ……」

仙の顔が、みるみるうちに蒼白になった。

「凌雲さん、なんてひどいことを！　お仙ちゃんが耳麻呂を苦しめているなんて……」

美津は慌てて仙の肩を抱いて、文句を言った。

「苦しめているとは言っていない。だが、お仙が春信の家にやって来たことで、耳麻呂に禿げができたのは間違いない」

凌雲は己の言葉に頷くと、

「皆で、春信の家に行こう」

と、立ち上がった。

六

「なんだ、なんだ。俺が持たせてやった手本を、忘れて帰っちまったか？」

出迎えた春信は、誰よりも先に善次を認めて目を細めた。

「おやっ？　凌雲先生まで。みんな揃って、こんな夕刻に何の用だい？」

凌雲も一緒だと気付いた春信は、不思議そうな顔で皆を見回した。

「耳麻呂の禿げの理由がわかった。部屋に通してくれ」

凌雲が宣言すると、春信は飛び上がって驚いた。

「凌雲先生、ほんとうかい？　ほんとうにわかったんだな？　よかった、これで心ゆくまでお仙を描くのに熱中できる！　俺は、どうしてもお仙の姿を、この手で描き上げなきゃいけねえんだ」

春信は小躍りして喜んだ。

美津は傍らの仙の顔色を、横目でちらりと窺う。

仙は、口元をきつく結んで真正面を睨むような顔をしている。

「おい、耳麻呂、凌雲先生がいらしたぞ。お休みのところ叩き起こして悪ぃな」

庭に面した広い仕事部屋には、陽の高いうちに訪れたときと同じように、絵の道具と描きかけの絵が所狭しと並んでいる。

もう夕暮れどきなので、障子を閉じた部屋は薄暗い。冬の終わりの冷たい風が、隙間から吹き抜ける。

床の間の窪みで耳麻呂と猫のサビが、お互いの肌で暖を取るように身を寄せ合っていた。二匹の足元には暖かそうな座布団が敷かれている。床の間の中が、この家の動物たちの寝床に違いない。

真っ白な耳麻呂と、黒と茶の混じった木の皮のような色のサビだ。二匹が身体をぴったりとくっ付け合っている姿は、一見すると一匹の大きな三毛猫に見える。よくよく見ると片方が兎で片方が猫、という姿は何とも愛らしい光景だった。

「耳麻呂は、おサビ姐さんと仲良く寝るのですね。なんて可愛い姿でしょう」

美津は頬を綻ばせた。

「そうだよ。おサビも耳麻呂が大好きさ」

春信は、にっこり笑って得意げに頷く。

「お仙、縁側で耳麻呂を呼んでくれ」

凌雲は仙に命じた。

「はい、わかりました。さあ耳麻呂、こっちへいらっしゃいな。可愛い可愛い、耳麻呂ちゃんや」

仙が甘い声で呼びかけた。

サビと身を寄せ合っていた耳麻呂が、もぞもぞと動き出した。

サビは眠気に勝てない様子で、大儀そうに身を捩る。再び丸くなって目を閉じた。

耳麻呂は上半身を起こして鼻を動かすと、仙に向かって、ひょこりひょこりと跳びながら近づいてきた。

「よしよし、よく来たね」

仙の表情がほっと和らぐ。耳麻呂の頭を、幾度も優しい手つきで撫でた。

毛並みが整うと、頭の裏の禿げのところがより痛々しく目立つ。

「耳麻呂の禿げの因は、お仙がこの家にやってきたことだ。だが、耳麻呂はお仙を嫌がってはいない」

凌雲が己に言い聞かせるように頷いた。

「やっぱり……。やっぱりお仙だったんだな。もしかして、耳麻呂を妖気で酔わせておびき寄せて……」

春信が上ずった声で呟いた。

仙の鼻っ面にほんの一瞬、犬が唸るときのような皺が寄った。

美津は肝を潰して仙に駆け寄った。どうぞ堪えて、というように仙の背をちょいと叩く。

「兎は、とにかくよく増える動物だ。受胎してから一月で十匹以上の子が生まれることもある」

凌雲は、仙の脇で遊ぶ耳麻呂を指さした。

「ああ、確かに〝精力絶倫の男〟のことを、陰で〝牡兎〟って呼んだりしますけれどねえ……」

仙が蓮っ葉な調子で眉を顰めてから、慌てておしとやかに取り繕うように、身を正した。

「兎が増えるのは、肉食の獣の餌になる動物だからだ。兎は身体が小さく牙や爪の武器を持たない。だから、いろんな獣に襲われやすい。敵が多くて生き延びるのが難しい動物は、能く繁殖して臆病であると決まっている。子孫が生き永らえる率を高くするためにな」

「じゃあ、少しでも嫌な異変が起きたとき、兎は……」

美津は、仙の膝に前脚を置いて甘える耳麻呂を覗き込んだ。

「一目散に逃げるんだ。例外はない。相手が己より強いか弱いか、などと判断して、逃げるか留まるか決めるのは、犬猫などの肉食の獣だけだ。兎は、己が不安を感じる状況で、我慢してその場に留まろうとすることは決してない」

「つまり耳麻呂がお仙ちゃんの横にいるってことは、耳麻呂はこの場にいるのが好きって意味ですね？」

「好きかどうかは知らないが、不安や恐怖を感じてはいない」

凌雲はしっかりと頷いた。

「じゃあ、耳麻呂の禿げは、どうして……」

春信が急に白けた顔で訊いた。

「私は当初、耳麻呂は逃げたいのに逃げることができない状況に置かれているのかと思っていた。絵の手本になることも、猫と暮らすことも、場合によっては耳麻呂にひどい不安を呼んでもおかしくはない」

「俺は、耳麻呂に無理強いをしたことなんて一度もねえよ。いつだって好き勝手に動けるようにしてやっている。耳麻呂は誰とでも仲良くできる性分なんだ」

「そうだ、それが耳麻呂の禿げの因だ」

凌雲は深々と頷いて仙に近付いた。

「耳麻呂を借りるぞ」

凌雲は仙の膝の上から耳麻呂を抱き上げ、床の間のサビのところへ向かった。

寝ぼけ眼で顔を上げたサビの横に、耳麻呂をそっと放す。耳麻呂はサビの暖かい腹に、長い耳を埋めた。

サビは身の置き所を決めるように、幾度か寝返りを打つ。

「あっ！」

美津は声を上げた。

サビが、耳麻呂の禿げのあたりを舐め出した。

最初はほんの挨拶代わりの毛づくろい、という様子で始めた。それがいつの間にか目を見開いて、取り憑かれたように耳麻呂を舐め回す。

耳麻呂は慣れっこの様子だ。サビに両腕で頭を抱きかかえられながら、ぼけっとして鼻をぴくぴく動かしている。

「なんだか、おサビに獣の本性が戻ってきたみたいで、おっかない光景だよ。耳麻呂は仲間じゃなくて美味しい獲物だ、って気付いちまったみたいな……」

いつの間にかいつもの口調に戻った仙が、低い声で唸った。

「いや、違うぞ。この二匹に限っては、そうではなさそうだ。おっと、このままおサビに好きにさせていると、耳麻呂の禿げが広がってしまう」

凌雲は、耳麻呂を抱き上げて美津の腕の中に託した。

「お美津、耳麻呂に頬擦りをしてみてくれ。何か気付く異変はあるか？」

「は、はい。耳麻呂、いい子いい子。あんたは、ほんとうに可愛いねえ。あっ……」

美津は目を見開いた。

「耳麻呂から、微かに伽羅(きゃら)の良い匂いが……」

改めて耳麻呂の頭に眼を凝らすと、ちょうど頭の後ろ側あたりが濡れたように光っていた。

「そうだ。それはお仙が髪を直したときに、手に付いた鬢(びん)付け油だ」

「じゃあこれは、油の跡ですか！」

美津が耳麻呂の頭を撫でると、僅かに水ではないべたつきを感じた。

「絵の手本を務めていたお仙は、日に幾度も手鏡を覗いて、化粧と髪を直していた。化粧も髪型も、いつもよりもずっと手の込んだものにしていたに違いない。鬢付け油もたくさん使ったな？」

凌雲は仙に訊いた。

「はい、そうですよ。いつもの倍ぐらい油をつけてきっちり髪を整えて、気合を入れてお洒落をしてきましたよ」

仙は決まり悪そうな顔で、春信を窺った。

「その手で耳麻呂を撫でたことで、鬢付け油が耳麻呂の頭の後ろに付いた。それをおサビが舐め回したんだ」

「猫は、化け猫が行燈の油を狙う、っていわれるくらい油の味が好きですね。それに生まれつき舌に櫛のような棘がついて、毛づくろいができるようになっています。おサビに舐められ続けて、耳麻呂の頭は禿げてしまったんですね！」

美津は家でマネキに肌を舐められたときの、ざらりと痛いくらいの感触を思い出した。

サビは鼻をひくつかせて、美津の腕の中の耳麻呂を目で追っている。

「そうだったのか……。じゃあ、お仙が兎をいじめる〝悪女〟ってのは、すっかり俺の思い違いってわけだな？」

春信が茫然とした様子で呟いた。

「そ、そうですよ。お仙ちゃんは、いい娘です！」

凌雲に無粋な答えを返されてはたまらないと、美津は急いで答えた。

仙がにやっと笑って小さく拳を握る。

「……ちょっと、ひとりにしてくれ。ひとりきりで、絵を描かせてくれないか」

しばらく黙ってから、春信はぼんやりと心ここにあらずな口調で言った。

「えっ？　じゃあ私は……」

仙が、ぎょっとしたように身を乗り出した。

美津と凌雲に不安げな眼を向ける。

「ああ。もう来なくていい。毎日毎日、長い刻、世話になったな。もう、あんたの手間はかけねえ」

「嘘だろう？　ここからが大事なんだよ！　いくらでも付き合ってやるから、約束通り〝清らかな〟私の絵を描いておくれよ！」

仙が我を失った様子で、春信に取り縋った。

「……悪いな。みんな、帰ってくれ」

春信は呆けたような顔をして言った。

七

「お美津、お仙の絵はどうなると思う？」

真っ暗闇の部屋の中で、凌雲の低い声が聞こえた。

マネキは雨戸の隙間から夜の狩りに出かけ、三匹の犬と善次の高いびきが響いている。

「そうですね。春信さんはお仙ちゃんの〝悪女〟っぷりを妄想して、かなり入れ込んでいましたよね。絵を描く気力が、削がれていないといいですが……」

美津は寝返りを打って、天井を見上げた。

「無事に良い絵が描き上がるといいな」

「もちろんです。何しろ、お仙ちゃんの嫁入りが懸かっているんですから……」

凌雲は「うむ」と唸ってしばらく黙り込んだ。

「……昼間は楽しかったな」

長い間の後、凌雲は掠れた声で呟いた。

「えっ」

美津は息を呑んだ。暗闇の中、善次と犬たちを挟んで朧げな輪郭しか見えない凌雲のほうへ、顔を向けた。

楽しかったはずがない。凌雲の早足を追いかけて疲れ切り、朱鷺色の小袖で浮かれた己がずっと恥ずかしかった。おまけにおしまいには、水茶屋で酔っ払いにひどい絡まれ方をした。これまでにないほど、散々な一日だったはずだ。

「お美津が新しく仕立てた桜色の着物は、とても良く似合っていた。それに、幾世餅も美味いものだったな」

あの着物は、もうずうっと前に貰ったものです。それに着物の色は、桜色ではなく朱鷺色ですよ。

心の中で呟きながら、目頭に嬉し涙がうっすらと浮かぶのを感じた。

「はい。凌雲さんと二人で出かけることができて、今日は楽しい日でした」

美津は天井に向かって笑みを浮かべた。

胸の奥に溜まっていた小さな石が、金平糖を口に放り込んだように、するすると溶けていく。

「水茶屋での出来事は悪かった。お美津には話していないことばかりで、憂慮しただろう」

凌雲が淡々と続けた。

美津ははっと息を止めた。

「凌雲さんが話したくないことは、言わなくて構いません」

慌てて首を横に振った。

しばらく沈黙が続いた。美津はごくりと喉を鳴らした。

「……あの日、末吉という大工とその女房が、赤ん坊を連れて小石川へやってきたんだ」

凌雲が掠れた声で言った。

かつて凌雲は、末吉の親方大工の父が軒から落ちて足を折ったときに、添え木を当てて治療をしてやったという。もう歩くことはできないと思われた怪我人が、凌雲の言いつけに従って安静を心掛けたおかげで、半年もしないうちに全快した。そんな縁で末吉一家は、凌雲に心からの信頬を寄せていた。

「末吉さんの赤ちゃんは、病気だったんですか？」

美津は小声で訊いた。

凌雲が、幼くか弱いものにひどいことをするはずがない。信じているのに背筋が冷たくなる気がした。

「いや、違う。あの時はただ、襁褓のせいで肌が荒れていただけだった」

凌雲が苦し気に答えた。

赤ん坊の右尻のあたりに、発疹がぽつぽつとできていた。掻き毟ってしまった赤みはあれど、ほんの五粒ほどの乾いた小さなできものだった。

だが初めての子を産んだばかりの末吉の妻は、行き過ぎなほどに憂慮して真っ青な顔をしていた。

「凌雲先生、この子の肌荒れは、私が身ごもっていた頃に蜘蛛を殺したせいでしょうか？　ほら、このできものは、蜘蛛のような形をしているように見えませんか？」

深刻な顔で問い詰められて、凌雲は面喰らった。

母親のお乳の質が悪いせいだ。子を可愛がる心が足りないせいだ。先祖の祟りかもしれない。もしかすると家相が悪いのか。この発疹は真っ赤な痣となって一生残るに違いない。

末吉の妻は、周りから吹き込まれたという適当な話に、いちいちひどく心を乱されていた。

何を馬鹿なことを言っている、と凌雲が一笑に付すと、末吉の妻はぽろりと涙を零した。

「ただの襁褓かぶれだ」と凌雲の見立てを聞いた夫婦は、これまでの険しい顔が嘘のように、ほっと胸を撫で下ろした。

凌雲は山羊の乳で作った油を渡して、行水の後に肌に塗り込んでやるように言った。

「帰り際に、私は何の気なしに言ってしまった。〝子育てをあまり案じすぎてはいけない。肌荒れくらい、赤ん坊にはよくあることだ〟とな」

「案じすぎてはいけない……とですか？」

美津は眉を顰めた。胸に不穏な予感が広がる。

「次に赤ん坊が小石川へ運び込まれたのは、一月後だった」

凌雲がため息をついた。

衰弱し切った赤ん坊の全身には、大量の赤い発疹ができていた。前に見た襁褓かぶれとはまったくの別物だと一目でわかった。発疹は身体の真ん中からほぼ左右対称に、隈なく広がっていた。

左右対称のできものは、ただの肌荒れではなく、身体の奥底の病に特有の症状だ。

「〝どうしてこんなになるまで放っておいたんだ〟という言葉が喉元まで出かかった。赤ん坊は明らかに弱っていたはずだ。苦しいと訴えていただろうに。小石川へ連れてきてくれたなら、すぐにこれは重篤な病だとわかったはずなんだ」

今夜が山場だ、と知らされた末吉夫婦は、血相を変えて取り乱した。

懸命な治療と持って生まれた運のおかげか、赤ん坊は死の淵からどうにか持ち直した。

しかし末吉の妻は己を責めて気を病み、小さな赤ん坊を置いて里に戻ってしまった。結局赤ん坊は、遠縁の家に貰われていったという。

「凌雲先生、あんたのせいで俺たち家族は滅茶苦茶だ！」

酒浸りになった末吉は、小石川を訪れては喚き散らした。

「すべて私がいけない。己の驕りでものを見て、子を想う親の心を軽んじたせいだ。己の言葉の重みも考えずに、軽はずみなことを口にしたせいだ。〝お絹〟は私に忠言してくれたはずなのに……」

凌雲の口から出た〝絹〟という名に、美津の心ノ臓が一瞬ぴたりと止まった。

「その〝お絹さん〟ってのは、どなたですか？」

平気を装ったら妙に高い声が出た。慌てて傍らで眠る善次に横目を向けた。

「〝お絹〟は小石川で、私の助手をしていた娘だ。働き者で気の利く、有能な助手だった」

絹は、凌雲が末吉夫婦に掛けた言葉をしばらく気にしていたという。

「確かに末吉さんご夫婦は、憂慮がすぎるところはあります。でもそれは、悪いことばかりではないはずです。あのご夫婦は、先生の言葉を信じ込んで、思いもよらないような勘違いをするかもしれませんよ」

言い募る絹の言葉に、凌雲はまったく聞く耳を持たなかった。

凌雲が大きく息を吸い、長く吐いた。

「凌雲さん……」

美津は思わず半身を起こした。何か言わなくてはと言葉を探す。

小石川を辞めたばかりの頃の凌雲の姿を思い出す。浮腫んで窶れ切った顔をして、日がな一日屍のように虚空を見つめていた。

あの目に映っていたものを想う。

小石川を後にする、ほっと気を楽にした笑顔の末吉と妻の姿か。

言葉を持たない赤ん坊が、必死で身体の異変を訴えようとする泣き顔か。

すべてを失った末吉の、やるせない憤怒の表情か。

「お美津、遅くに済まなかった。もう寝てくれ」

凌雲は美津に背を向けて、搔巻を被った。

美津は凌雲の丸まった背を、しばらくじっと見つめていた。

八

「お美津ちゃん、お美津ちゃん、たいへんなことになっちまったよ!」

殺気立った怒鳴り声に、慌てて庭に飛び出した。色鮮やかな錦絵を手に握った仙が、額に青筋を立てて駆け込んで来た。

「お仙ちゃん、そんなに怒ってどうしたの? 落ち着いて、落ち着いて」

美津は、仙の背をとんとん叩いた。部屋を振り返る。

凌雲と善次が、行李の陰から庭を窺っている。お仙のあまりの剣幕に、肝を潰した様子だ。

つい先ほどまで庭を走り回っていたはずの犬たちも、どこにもいない。驚いて物陰に隠れてしまったに違いない。

「これを見ておくれよ! 今朝起きたら、《鍵屋》の店先に届いていたんだよ!」

仙が示したのは、色刷りも鮮やかな真新しい錦絵だ。

どれどれ、と覗き込んで、美津は「まあ」と声を上げた。

描かれていたのは、海老茶色の小袖に縞の帯を締めた仙の姿だ。場面は、客がくつろぐ床几がいくつか置かれた《鍵屋》の店先だ。

だが描かれているのは、仙ただ一人ではない。

床几の間を歩く仙の向かいには、見ず知らずの若い男が腰掛けている。男の膝の上には、これまた見覚えのない白地に黒ぶちの猫が丸まっている。

可愛らしい耳麻呂でもなければ、サビでもお仙の飼い猫のミケでもない。春信の頭の中から立ち上った、知らない猫だ。

「私はこんなに憎たらしい顔なんてしちゃいないさ。こんな卑しい眼で客を見ることなんて、ありゃしない。私の姿は、私がいちばんわかっているよ！」

仙は歯ぎしりをして震えた。

絵の中の仙は帯の先で猫をあやしながら、熱っぽい横目で男を窺っている。まるで己の猫の可愛らしさをだしにして、色男の客に近付く機を窺っているようだ。匂いたつような、好色な狡(ずる)さが浮かび上がる。

仙の美しい姿は、余すところなく写し取られてはいる。だが同じ女として、よりにもよってどうしてこんな顔を切り取って描いたのだ、と腹が立つ気持ちはじゅうぶん良くわかった。

「今日から板元(はんもと)で、この絵が売られているってんだよ！　きっと私の評判はこれを機に零落さ。もう私はおしまいだよ。政さんともお別れで、お江戸の三美人なんて噂も笑談になっちまうのさ！」

仙は顔を歪めて、おいおい泣き出した。

「お仙ちゃん、泣かないで。お仙ちゃんはこんな絵の姿よりも、もっともっと何倍も美人だって、私は知っているわ」

慰める言葉にも、うまく力が籠らない。

天女のように清く美しい姿に描いてもらおうとしていた仙にとっては、これ以上なく失望することだろう。

「……良い絵だな」

凌雲が呟いた。

美津は慌てて顔を上げて、「今は黙っていてくださいな」と目で合図する。

傍らの善次は、仙が縁側に放り出した錦絵を見つめている。目玉がこぼれ落ちそうなくらい目を見開いている。

「おーい。凌雲先生！　いるかい？」

春信の声だ。

美津の胸に、化け猫の形相で春信に襲い掛かる仙の姿が浮かんだ。咄嗟に仙の肩をぐいっと抱く。

「おう、お仙。あんたも凌雲先生にご報告かい？　なんだ、泣いているのか？　そうかそうか、それほど喜んでもらえて、俺も絵描きになった甲斐があるってもんだ」

春信は上機嫌で、仙の背をぽんと叩いた。

「凌雲先生、お礼にお仙の絵を持ってきたよ。こいつはこれから値が上がるから、大事に持っていてくれよ。板元始まって以来のとんでもねえ売れ行きだって、わざわざ店の奴が知らせに来たほどだからな」

　春信は頬をてらてらと輝かせて、胸を張った。

「お仙がいちばん美しいのは、《鍵屋》の店先に立っているときさ。絵の手本になるって、澄まして耳麻呂を撫でているときなんかじゃねえんだ」

「じゃあ、このお仙ちゃんは……」

　美津が訊くと、春信は己のこめかみを人差し指で叩いた。

「俺が惚れこんだお仙の姿だよ。いくら頼み込んだって俺の思うままになっちゃくれねえ、傲慢で底意地が悪い高嶺の花さ」

　春信は握っていた絵を、善次に向かってぽーんと放った。

「おっと！」

　善次は床に転がるようにして、恭しく絵を受け取った。

「その絵が売れているだって？　ああもう、私はおしまいだ。みんなで〝笠森お仙〟なんてこんなもんか、って笑っているんだよ……」

　仙が涙声で呟いた。

「お仙ちゃん……」

　美津は掛ける言葉が見つからずに、仙に寄り添った。

　ふと、生垣の向こうで駆け足の足音が聞こえた。

「お仙さん、お仙さん、ここにいるのかい!?」

　近所の悪戯坊主が、生垣に空いた穴から勢いよく顔を覗かせた。

「なんだよう。いったい、何の用だい？」

仙は涙を拭って、雑な口調で答えた。

「女将さんが、今すぐに《鍵屋》に戻れ、ってさ。あんたを見に客が押し掛けて、とんでもねえ大騒ぎになってるよ」

少年は手に握らされた銭を、ちらっと示した。

「……客が来ているって？」

「そうだよ。お江戸で一番の別嬪のお仙を、どうにかして一目見たいって奴らが、わんさか集まってる。あんた、これほどの評判になったら、おそらく大名の御正室にでもなっちまうんだろうね、って母ちゃんも言っていたよ」

少年は《鍵屋》の騒ぎを目の当たりにしてきた様子だ。仙を眺める目は、まるで天女さまを前にしたように眩しそうだ。

「えっ……？」

仙は状況が飲み込めない様子で、皆の顔を見回す。

「私は初めから良い絵だと言ったぞ。お仙の良いところが生き生きと描かれた、美しい絵だ」

凌雲の言葉に、傍らの善次が大きく頷いた。

「あれが、良い絵……」

仙が頭痛を感じたように、こめかみに手を当てた。

「さあ、お仙さん、早く行かねえと、《鍵屋》で騒動が起きるよ！」

少年は、呆けた顔をした仙を引き摺るように連れ出した。

「お仙ちゃん、やったね！」

美津は、遠ざかる仙に向かって大きく手を振った。

「お仙にゃ、悪いことをしたな。当分、のんびり静かに過ごすってわけにゃいかねえぜ」

春信は、したり顔で笑った。

「そういや善次、今日はお前にも用事があったんだ」

春信は少し真面目な顔をした。

「何でしょうか？」

善次は首を傾げた。

「お前は絵の才があるぞ。うまく伸ばせば、も、ものになる」

美津は凌雲と顔を見合わせた。

「やはり春信もそう思うか」

答えた凌雲の口元が上がっている。

「善次、よかったわねえ」

美津が囁くと、善次は頬を真っ赤に染めてはにかんだ。

「だが一つ教えてくれ。善次、お前は絵を誰から習った？」

「えっ？」

善次が鋭く叫んだ。

ほんの少し前とはまったく違う、張り詰めた気配が漂った。

春信が善次を厳しい眼で覗き込んだ。鼻先がくっつきそうなくらい顔を近づける。

「春信さん、いったい何の話を……？」

　美津は春信を押し留めた。

「善次の絵は、決してひとりで工夫して腕を磨いただけじゃねえ。必ず誰か師となる者が、その技を教えたはずだ。善次、お前は、とんでもなく腕の良い、人を教えることにも熟練したお師匠さまをつけてもらっていたはずだぞ？」

　春信はきっぱりと断言した。

「……善次？」

　美津が眼を向けると、善次の顔色が紙のように真っ白になっていた。

　表情は強張って、唇が細かく震えている。

「誰にも習ったりなぞ、していません」

　蚊の鳴くような小声だ。喉から振り絞るように答えた。

「善次？　どうしたの？」

　美津は善次と春信の顔を交互に見遣った。

「嘘だ。お前は何を隠している？　我が子にこれほどの師をつける親が、犬猫のようにお前を捨てるはずがない」

　春信がずいっと一歩前に出た。

「何も隠してなんていません！」

　善次はその場から駆け出した。美津を突き飛ばす勢いで、脇をすり抜ける。

「善次！　善次！　急にどうしたの？」

美津は慌てて追いかけた。

善次は縁石をよじ上って、部屋の奥に消えた。両手に草履を握り締めている。

玄関から外へ逃げ出すつもりだ、と勘付いた。

「待って！　何でも話してちょうだい？　私たちは必ず善次の味方だから……」

美津も縺れる足取りで、縁側廊下へ上がった。

奥の廊下を一目散に走る足音。

血の気がすっと引く。このままでは善次が行ってしまう。

「凌雲さん、たいへんです！　善次が……」

庭に向かって叫んだ。怪訝そうな顔でこちらを見ていた凌雲が、はっと身を震わせた。飛び上がってこちらへ駆けてくる。

「おいっ！　善次！　ちょっと待て！　話を聞かせてくれ！」

玄関の引き戸が開く音がした。

「善次！」

息を切らせて駆け付けると、善次の姿はもうどこにもなかった。

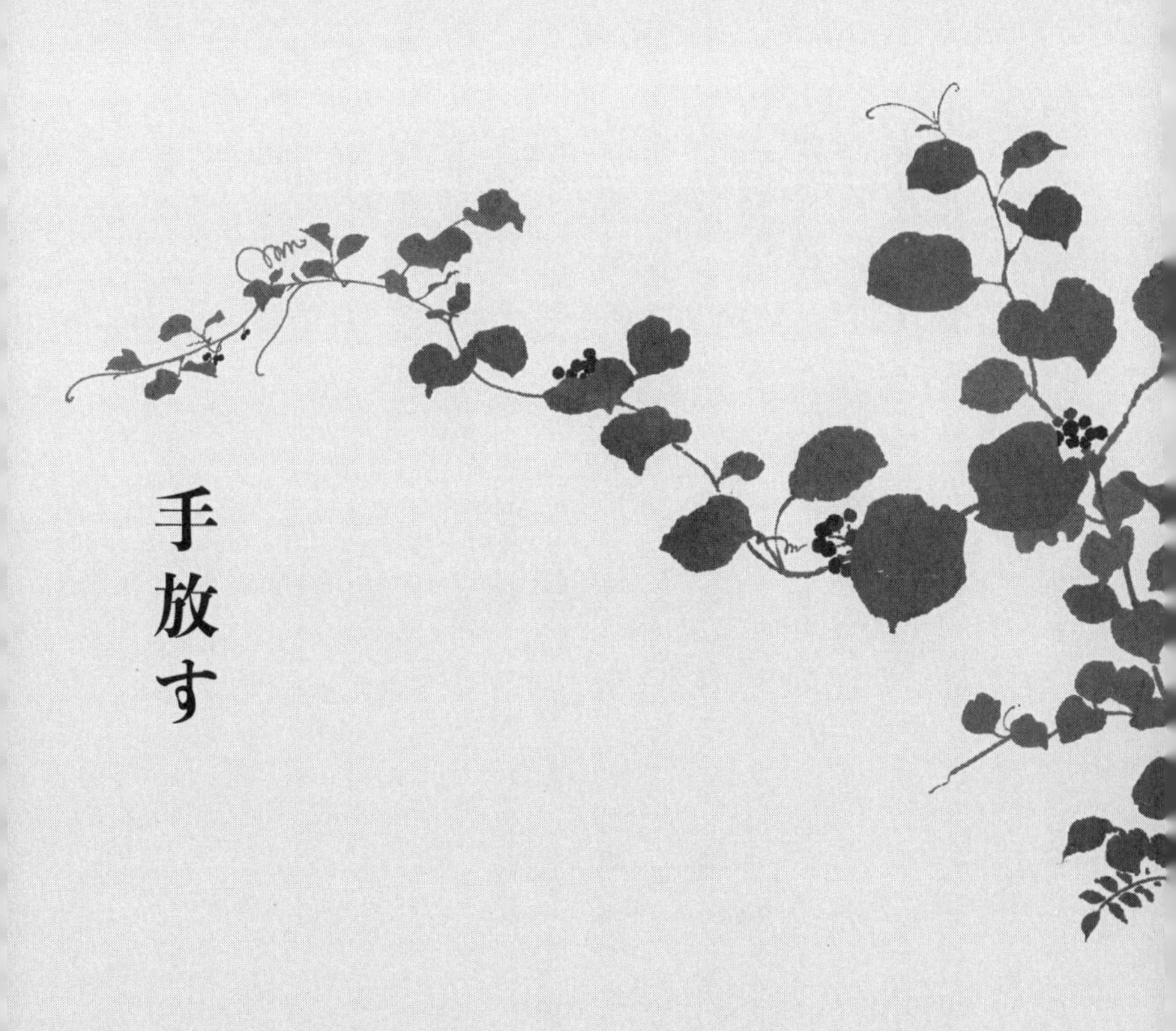

手放す

一

「まだ帰ってこないのかい？」

日が明けてすぐ、頭巾を目深(まぶか)に被った仙が、庭先に現れた。

「ああ、お仙ちゃん。せっかく《鍵屋》が大事なときなのに、憂慮させてごめんね……」

仙の顔を見たら、涙が零れ落ちそうになった。口元にぎゅっと力を込める。

「すぐに《鍵屋》の客に、善次の顔かたちを広めてくれるように頼むからね。みんな私の気を惹くために、血眼になって探してくれるはずさ。きっとすぐに見つかるよ」

仙の頼もしい言葉に、美津はどうにかこうにか小さく微笑んだ。

「凌雲先生は、まだ戻っていないみたいだね」

仙は居心悪そうに周囲を見回した。

凌雲は夜通し町中を探し回り、その足で政之助の元へ話を聞きに行っているはずだった。

「私もどうせ眠れるはずがないから、凌雲さんと一緒にずっと探し回りたかったの。でも、善次がふらりと帰ってくるかもしれない、って話し合ってね……」

「ああ、お美津ちゃん、泣かないでおくれよ。まったく善次は何だってこんな急に……」

仙が美津の背を撫でた。仙の声色には力がない。

「それに引き換え、ここの犬たちは呑気なもんだよ。毎晩抱き合って眠る大事な仲間がいなくなったってのに、何でもない顔をして高いびきだ」

仙が、部屋の隅で腹を出して眠りこける三匹の犬たちに、冷たい眼を向けた。

「あんたたち、こんなときくらい、少しは役に立っておくれよ」

仙は犬たちに向かって嫌味を言った。直後に、あっ、と小さな声を上げる。

「そうだ、いいことを思い付いた！　お美津ちゃん、善次の着物を出してきておくれ。着物がなかったら、寝間着でも草履でも褌（ふんどし）でも何でもいいさ。善次の身に着けていたものが、何かあるだろう？」

仙がぽんと手を打った。

「寝間着なら、ここにあるけれど……」

美津は行李から、善次が着古した寝間着を取ってきた。

「ああ、これでいいよ。いい具合にくたびれている。ほら、あんたたち、この匂いを嗅ぎな。これが善次の匂いだよ」

仙は善次の寝間着を、眠っている三匹の犬の鼻先に順繰りに押し付けた。

「犬ってのは、とんでもなく鼻が利くんだろう？　あんたたち、この匂いを辿って善次を探し出しておくれよ！」

寝ぼけ眼の犬たちは、一応鼻先をひくひくと動かした。が、特に関心を惹かれた様子もなく、大あくびをしてから眠りに戻る。

「ああ、もう！　ほんとうに役立たずだね！　いつもこの家に世話になっているんだから、少しは力を貸してくれたっていいだろう？　善次を探しておくれよ！」

仙がうんざりした声で頭を抱えた。

「お仙、無茶を言うな。動物を人の命じたとおりに動かすのは、途方もない鍛錬が必要だ」

静かな声に振り返ると、いつの間にか縁側に凌雲の姿があった。襟元はじっとりと汗ばんで色が変わっている。

「凌雲さん、お帰りなさい。すぐにお着替えをお持ちしますね」

美津は凌雲に駆け寄った。首元に手拭いを当てる。

「凌雲先生、ご苦労さまです」

仙がいつもよりも殊勝な顔で、眼を伏せた。

「江戸は狭い。子供がひとりで歩いていれば、すぐに人目につく。木戸番も見ていないと言うからには、そう遠くには行ってはいないはずだが……」

凌雲は首を捻った。

町ごとに設けられた木戸には、暮六つから明け方まで木戸番が見張っている。百戦錬磨の盗賊ならまだしも、幼い善次が木戸番の目を盗んで夜通し逃げ回るなんてことは、できるはずがない。きっと、どこかに身を潜めているはずだ。

「それで、政さんは何て……？」

仙が恐る恐るという様子で訊いた。

「どうやら善次はただの捨て子ではないな。あの様子だと、かなり訳ありの預かりものだ。善次の姿が見えないと伝えた途端に、屋敷中が大騒ぎだ。家来の一人が、善次が逃げ出したはずがない、お前たちがどこかに隠しているんだろう、と言いがかりを付けてくる始末だ。まるでずっと、この家を看視していたような言い草だな」

凌雲が鼻息を長く吐いた。

「そ、そうでございましたか。私はちっとも、何も……」

仙が頬に手を当てた。

「倉地家がお家を上げて、何が何でも善次を探し出す、って言っているんだ。きっと、すぐに見つかるはずだ」

凌雲がぶっきらぼうに言った。

「ならば、心強いですね。ほんとうによかったです」

美津は凌雲の羽織を脱がせながら、祈るような心持ちで呟いた。

「政さんがどうして善次を預かったか、って、凌雲先生はお訊きになりましたか？ 善次がどこの子で、政さんとはどんな関係なのかって……？」

仙が気弱な顔で訊いた。

凌雲の動きが止まった。仙に鋭い眼を向けた。

「お仙、お前は少し甘ったれ過ぎだ」

凌雲が言い放った。真正面から仙を見つめる。

「凌雲さん……」

美津が小声で割って入ろうとすると、凌雲が掌を見せて押し留めた。

「元はといえばお仙が、善次を私たちのところへ連れてきたのだぞ。政之助からきちんと事情を隅々まで聞いた上で、お前が誰よりも善次を慮る。それが筋というものだ」

仙はぽかんとしている。

「惚れた男に嫌われたくない。惚れた男の操り人形になっちまいたい。言うことを聞いてさえいれば、お武家さまに嫁入りができる。お仙の心の内はそんなところだろう。だが、訊きたいことも訊けず、言いたいことも言えずに、どうやって夫婦になる？　そんな仲、うまく行くはずがないとわからないのか？」

「凌雲さん。少しくたびれましたね。お部屋で休んでくださいな」

美津は、凌雲の背にそっと触れた。仙が気になって横目で窺う。

「……私が、甘ったれだって？　惚れた男の操り人形だって？」

仙が小声で呟いた。目はうつろで顔色は真っ白だ。

「ごめんね、お仙ちゃん。今は、みんな善次が心配で、心がささくれているのよ。一刻も早く善次を見つけることだけを考えましょう」

萎れ切った仙に向かって、どうにか笑顔を浮かべた。

背筋を伸ばして空を見上げる。空は鼠色の雲で覆われていた。

「凌雲せんせいー！　いらっしゃいますかいー？」

生垣の向こうから、がなり立てる男の声が聞こえた。

善次のことではないかと、皆ではっと顔を見合わせた。

「お頼み申します！　お頼み申します！」

毛玉堂に用事のある者だとわかり、一斉に、なんだ、と失望の息をつく。

「はいはい、ただいま。お庭に回っていらしてくださいな」

美津は気を取り直して、負けじと大きな声で答えた。

「私はこれで《鍵屋》に戻らせてもらうよ。いつどこで誰が、善次を見た！　って噂を運んで来るかわからないからね」

仙が小声で耳打ちして、頭巾を深々と被り直した。

「お仙ちゃん、今日は凌雲さんが言いすぎたわ。ごめんね」

美津は仙に小さく手を合わせた。

「……いいんだよ。善次の消息がわかったら、すぐに知らせに来るさ！」

仙は生垣の隙間から、早足で飛び出して行った。

入れ替わりのように、庭先に半纏姿の若い男が現れた。

「凌雲先生、お頼み申します！　手前どもの若旦那のアズキが、たいへんでございます！　凌雲先生に治していただけないなら、もうアズキを手放すよりほかに、道はないと……」

「〝手放す〟ですって？　そんないいかげんな言い方って……」

美津は思わず非難の声を上げた。が、男はきょとんとしている。

主人に命じられてやってきた使用人だ。己の可愛がっている動物のために毛玉堂にやってくる飼い主たちとは、真剣さがまるで違う。

「アズキとは何だ？」

凌雲が、いつもと変わらない口調で訊いた。

客人を前にすると、先ほどまで纏っていた疲れは、跡形もなく消し去っている。

「若旦那さんの飼い犬であります。今年で十になった、目玉が飛び出るように上等な牡の狆であります」

「まあ、狆を飼っていらっしゃるなんて、なんて贅沢な……」

狆と聞いて、はっと胸に引っかかるものがあった。

「お前の主人の屋敷へ、案内してくれ。場所はどこだ？」

「深川でございます。深川今川町にあります、足袋問屋の《山吹屋》でございます」

腰を浮かせかけた凌雲の動きが止まった。

「《山吹屋》さん……ですか？」

美津は強張った声で訊き返した。

二

《山吹屋》は永代橋にほど近く、仙台堀に面した深川今川町にあった。

水運を使って船で届いた積み荷を、河岸にある蔵に保管する。そのためこのあたりは問屋の大店が多い。

問屋町は皆が早足で、そぞろ歩きをする人の姿はあまりない。裸に近い格好をした人夫が汗まみれになって、大八車でそこかしこを駆け回る。

表通りの中ほどにある《山吹屋》の前にも、山のような荷を積んだ大八車が止まっていた。

「凌雲先生、お待ちしておりました。お初にお目にかかります。《山吹屋》総領の庄之助（しょうのすけ）と申します」

信州上田縞（しんしゅううえだじま）姿の男が深く頭を下げた。そこらの町人では手に入らない、上等な絹縞だ。齢は二十代半ばくらいだろう。目元に憂慮の影はあれど、整った顔立ちをしている。育ちの良さそうな白い肌に、少年の頃の気弱な心根の名残が窺えた。

動物を物のように〝手放す〟と口にするなんて、情のかけらもない残忍な男を想像していた。しかし目の前の庄之助は、美津が思い描いていたのとは違う大人しそうな若者だった。

覚えずして、心の目に白太郎の姿が浮かんだ。続いて茶太郎と黒太郎。

彼らを毛玉堂の庭に捨てたのも、庄之助のように一見すると残忍とは程遠い、まともな顔をした者なのかもしれない。

「奥へいらしてください」

庄之助は長い廊下の先を進んだ。

新しい畳の青い匂いが漂う。大名普請の立派な御屋敷だ。

顔を上げると欄間には眠り猫よろしく、眠る狆の彫り物が施されていた。家族揃って犬が好きなのだろう。

ふと、赤ん坊の泣き声が聞こえた。苦しみや悲しみを訴える泣き声ではない。母を呼ぶ、生きる力の漲った力強い泣き声だ。

続いて、でんでん太鼓を鳴らす明るい音が響く。

「息子の林太郎（りんたろう）です。半年になります」

庄之助は、そのときだけ幸せそうに目を細めた。

「……子が生まれたか」

凌雲が顎を撫でて呟いた。口元がへの字に結ばれていた。

庄之助は、一番奥の部屋の襖の前で立ち止まった。

「お絹、凌雲先生がいらしてくださったぞ」

庄之助が襖の隙間から声をかけた。

ちらりと凌雲を振り返ってから、襖をそっと開く。

「凌雲先生、お久しぶりです。このたびは、わざわざお越しいただきありがとうございます」

縁側廊下で庭を眺めていた女が、ゆっくりと振り返った。

美津ははっと息を呑んだ。

紫色の鹿の子絞りに身を包んだ絹は、思い描いていたよりはるかに美しい娘だった。色白細面の顔に切れ長の目元。微かな笑みを浮かべた唇は薄くて小さい。

同じ別嬪でも、仙の美貌は万人の目を惹き付け、心を鋭く鷲摑みにする眩いものだ。一目見たそのときに、男も女も、きゃあと歓声を上げたくなるような華やかな美しさだ。

絹は違う。

もっとひっそりと控えめで儚(はかな)げで、野に咲く花のような美しさだ。女の美津でさえ、守ってやりたいと感じるような柔らかい姿だ。

絹の心根の細やかさが、その見た目にありありと現れているのだ。

美津の胸がちくりと痛んだ。

「お絹、達者にしていたか。子が生まれたとはめでたい話だな」

凌雲は絹の顔をろくに見ずに言った。

「ありがとうございます。凌雲先生もお元気そうで何よりです」

絹が幾度も瞬きをした。腕にはおくるみで幾重にも包まれた赤ん坊を抱いている。脇に赤いでんでん太鼓が置いてあった。

「女房だ」

美津を示した凌雲の声が、いつにも増してぶっきらぼうに聞こえた。

「は、はじめまして、美津と申します」

美津は慌てて頭を下げた。

「絹でございます。娘の時分、小石川の凌雲先生の元で働いておりました」

絹が凌雲にちらりと眼を向けて、眉を下げた顔をした。

「お絹が、凌雲先生のお噂を聞きつけてきたのです。かつて名医と呼ばれていた凌雲先生が、谷中感応寺でけものの医者をしていらっしゃるとのこと。凌雲先生にお頼みすれば、きっと助けていただけると、熱心に言い募るものでして……」

庄之助だけは何も知らない様子で、凌雲に期待に満ちた目を向けた。

ふいに絹の腕の中の赤ん坊が、美津を見てにっこりと笑った。

丸々とした頬に桃色の唇。どこもかしこも、ふにゃりと柔らかそうな肌だ。

「まあ、なんて愛らしい赤ちゃんでしょう」

美津は己の頬に両手を押し当てた。

赤ん坊の笑顔は格別だ。つい先ほどまで強張っていた心が、一瞬にして溶き解されるのがわかる。

「やあ、お美津さんも、そう思われますか？　この子は、どうも人さまから可愛い可愛いと言われることの多い子でして。いったい、どのあたりがどんな感じで可愛いのかと、一度ゆっくり伺ってみたいと……」

庄之助が口元を緩ませた。

「あなた、やめてくださいな。お美津さんが困っていらっしゃるわ」

絹がふっと笑って窘めた。

「アズキはどこだ？」

背後から凌雲の固い声が聞こえた。

「は、はいっ！　庭に繋いでおります」

庄之助がはっと我に返った顔をした。アズキ、と聞いて、急に顔に影が差す。草履を履いて庭に下りた。

絹が赤ん坊と腰掛けていたあたりの縁の下に、赤い紐が括りつけられているのが見えた。

「アズキ、おいで」

庄之助が紐を引くと、よろつく足取りでアズキが縁の下から現れた。白地に黒模様に長い毛。毛並みは丹念に手入れされていたが、目の周りは茶色く汚れている。高齢のために目が弱っているのだろう。

アズキは庄之助の脛にごちんと頭をぶつけてから、顔を上げて尾を振った。

「こんな年寄り犬を手放したいなぞ、よくも言えたものだ。我が子が生まれて、邪魔になったか」

凌雲が抑揚のない声で言った。

「凌雲さんっ」

美津は慌てて小声で諫めた。

「聞いてください！　それには理由があるのです！」

庄之助が悲鳴のような声を上げた。今にも泣き出しそうな、ひどく傷ついた顔をしている。

凌雲が懐で腕を組んだ。アズキをじっと見つめている。

「今まで共に暮らしていた家族を、い、い、い、放り捨てて見殺しにする、もっともな理由か」

凌雲が庄之助に冷たい眼を向けた。

「凌雲先生、どうかお願いです。わたくし共の深刻な事情を聞いてください」

絹が悲しげな声で割り込んだ。

「……話してみろ」

凌雲がぶっきらぼうに言った。

絹と庄之助が顔を見合わせた。

絹が小さく頷く。庄之助は溜息をついた。

「アズキは、林太郎が気に喰わないのです。これまで己の身に集めていた歓心が逸れたことで、林太郎を憎んでいるのです」

「憎んでいる、だなんてそんな……」

庄之助が口元を一文字に結んだ。

美津は言葉の強さに息を呑んだ。

絹が顔を伏せて、赤ん坊を抱き直した。

「アズキが何をした？」

凌雲は裸足のまま庭に下りた。

アズキが愛想良く尾を振った。客人の凌雲を恐れる様子がない。これまで誰からも存分に優しく扱われていて、人を疑うことを知らないのだろう。

「アズキは林太郎を追いかけ回して、小便を引っ掛けようとするのです。林太郎のために買った産着（うぶぎ）やおもちゃにも、私たちが少しでも目を離すと必ずやられてしまいます」

庄之助が縁側のでんでん太鼓を手に取った。うんざりした顔で部屋の中を見回す。

釣られて美津も眼を巡らせると、畳には色の変わった染みがいくつもできていた。

「いつから始まった？」

凌雲がアズキの喉元に手を伸ばした。

アズキは目を細めて、凌雲に身を擦り寄せる。

「林太郎が生まれて、一月ほどした頃です」

絹が口を開いた。

庄之助が振り返って、絹に素早く目配せをした。

「そう、ちょうど私たちが林太郎に構いきりになってからです。年寄り犬ですから、これまでもまれに粗相はありました。ですが、今でははっきりと、林太郎を狙っているとわかります」

庄之助が額に手を当てた。

「アズキは赤ちゃんが生まれるまでは、この家で誰よりも大事に可愛がられていたんですね？」

美津はアズキに目を向けた。

「ええ。アズキは、死んだ母が兄弟のいない私に贈ってくれた犬です。私はアズキを小さな弟のように可愛がっていました。アズキは誰にでも愛想の良い犬で、お絹にもよく懐いてくれました」

「その通りです。アズキは私がこの家に嫁入りしたその日から、すぐに私を家族と受け入れてくれました」

絹が凌雲に縋るような目を向けた。

直後に美津を気にするように、慌てた様子で顔を背ける。

「子が生まれると、家の中は大きく変わる」

凌雲が口を開いた。庭から屋敷をぐるりと見回す。

「獣は、今まで己の暮らしていた場の変化に弱いものだ。安心できる場がなくなった、と感じるのだろう」

「だからと言って、アズキの振る舞いを放っておけるはずがありません。私たちが何よりも守らなくてはいけないのは、かけがえのない我が子の林太郎です」

庄之助が悲痛な声を上げた。

「このまま好き放題させておいたら、アズキは小便をかけるだけではなく、林太郎に喰らい付くかもしれません。もしもそんなことになったら、私たちはおかしくなってしまいます。悲劇が起きる前にアズキを手放すべきではないかと。私はここのところ、夜も眠れずに悩み続けているんです」

庄之助が頭を抱えた。

庄之助がアズキの名を口に出すたびに、アズキは左右に尾を揺らした。

美津は凌雲の横顔をちらりと窺った。

凌雲の喉元が強張ったのがわかった。

「犬は、群れを作って行動する性質がある。新入りに己の地位を脅かされて苛立つのは、ありえる話だ。アズキの癇癪を相手にしてはいけない。アズキが粗相をしたら、騒がずにすぐにその場を立ち去るんだ」

凌雲が、二、三度咳払いをした。

「アズキをその場に置いて、私たちがいなくなってしまうんですか？」

庄之助が不思議そうな顔をした。

「そうだ。アズキは、お前たちの気を引くためにやっている。いくら粗相をしても相手にされず、それどころか皆が去ってしまうとわかれば、己の行動が無駄だとわかり、諦めるだろう」

凌雲が人差し指を立てて、庄之助に説明した。子供に教え諭す寺子屋の師匠のような仕草だ。

美津の胸の内がざわりと粟立った。

「凌雲さん、アズキはほんとうに、そんなつもりで……」

「夜は、どうすればよいでしょう？　アズキは一晩中、林太郎の近くで、大人の目が離れる隙を窺っているんです。引き離そうとしても、嫌がって大騒ぎです」

美津の言葉に、庄之助の前のめりの声が重なった。

「しばらくは、夜は蔵に入れておくのが良いだろう。人の姿がまったくどこにも見えなければ、アズキも落ち着くはずだ」

「わかりました！　ぜひとも試してみます！」

庄之助は力強い声で答えた。先ほどとは打って変わって、顔つきが明るくなっている。

「お絹、凌雲先生のお話を聞いたな？　アズキが粗相をしても相手にしない。夜は蔵に入れておく。これできっと安心だ。早速、女中に蔵を片付けさせよう！」

庄之助は絹に駆け寄ると、赤ん坊の顔を愛おし気に覗き込んだ。

三

外が薄暗くなるにしたがって、風が強くなってきた。

「凌雲さん、握り飯を作りました。これをきちんと食べて、今夜は少しでも眠ってください」

卓袱台を見つめてぼんやりしている凌雲の背に、声をかけた。

「ああ、お美津。ありがとう」

凌雲は心ここにあらずの声で答えた。

「残さず食べるのですよ。このままでは、凌雲さんが身体を壊してしまいます」

美津はきっぱりと命じた。

薄暗い部屋の中、二人で向かい合って握り飯を頰張った。

善次がいない静けさが、より胸に迫る。

風に煽(あお)られて、梁(はり)がみしみしと揺れた。

「こんなに天気が荒れるとは思いませんでしたね」

美津は天井を見上げた。

「うむ」

凌雲は握り飯を手に眼を伏せた。

いつもならどんな大きな握り飯でも三口で飲み込むのが、今日は、握り飯に鼠のような歯形をいくつもつけている。

「善次のことです。きっとどこかの家の納屋にでも忍び込んで、かくれんぼ気分で夜を明かしていますよ」

敢えて気軽に口に出した。

「善次は平気だ。それはわかっている」

凌雲がむきになったように応じた。

通りで桶か何かが引っ繰り返る音がした。

遠くで犬の遠吠えが聞こえる。行燈の灯がゆらゆらと揺れた。

ずっと昔を思い出す。

幽鬼のような目をした凌雲の横で、己だけが付け元気の笑顔で、あれこれ話し掛けていた。

飯の用意をして部屋を整え、案ずることなど何もない、という顔をして笑っていよう。

女房である己が凌雲にできることは、ただそれだけしかないと思っていた。

「凌雲さん、私の話を聞いてもらえますか?」

己でも驚くような、低く力強い声が出た。

凌雲が顔を上げた。目の下に深い隈ができている。瞳には暗い影が落ちていた。

「……話してくれ」

凌雲は懐で両腕を組んだ。

「私は、今日のアズキの話で気になったところがあるんです。アズキの異変が始まった時期を、覚えていますか？」

美津は身を乗り出した。強い目で凌雲の顔を覗き込んだ。

「子が生まれたのがきっかけだと聞いた。家の皆の歓心が、生まれた子に向くようになったからだと……」

「それは庄之助さんの言葉です。ですが、お絹さんはそうは言っていませんでした」

凌雲の眉がぴくりと動いた。

「お絹さんは、アズキに異変が起きたのは、赤ちゃんが生まれて一月後のことだ、と」

庄之助が、絹に目配せをしていた姿を思い出す。

「……そうだな。確かにそう言った」

凌雲が大きく息を吸った。

「おかしいと思いませんか？　アズキが赤ちゃんのことを嫌がっているなら、わざわざ一月も間を空ける理由はないはずです。己が邪険にされていると感じるまでには、ほんの数日でじゅうぶんです」

「お美津は、子が生まれて一月後に、あの家に何かが起きたと思うのか？」

凌雲が己の口元に掌を当てた。思案深げな顔で眉を顰める。

「はい。その頃のことを、もう一度ちゃんと聞くべきです」

美津はきっぱりと答えた。凌雲の顔をまっすぐに見据える。

心の目に、覚束ない足取りのアズキの姿が浮かぶ。きょろりと大きな目に潰れた鼻。笑顔を浮かべているような剽軽な口元で、誰にでも懸命に尾を振っていた。

「私はどうしても、アズキが赤ちゃんをいじめ、庄之助さんとお絹さんを困らせるような心根には思えないのです」

「なぜそう思った？」

凌雲が訊いた。

「理由なんてありません。ただの私の想像です。あの家の人は皆、アズキを心から可愛がっていると感じました。赤ちゃんが生まれたところで、その想いに変わりはありません。ならばアズキも同じように、家族のことが大好きなはずです」

頬が火照って焼けるように熱い。美津は奥歯をぐっと噛み締めた。

はっきりと説き伏せる理由も思いつかないのに、凌雲が判じたことに口を出すなんて。こんな振る舞いは、凌雲がいちばん嫌がることだとわかっていた。

美津は凌雲と睨み合った。

「わかった。明日の朝、もう一度《山吹屋》へ行こう」

凌雲は、ゆっくり瞬きをしてから頷いた。

四

今にも雨が降り出しそうな鼠色の空は、翌朝もどうにか持ちこたえていた。

天気は陰鬱だったが、風は妙に生暖かい。凍るような寒さが和らぐ兆しにほっとする一方で、この分だと春の嵐が始まる気配が漂っていた。

「結局アズキは一晩中、蔵の中で吠え続けていました。林太郎と引き離されたことが、よほど腹に据えかねたに違いありません」

庄之助が疲れた顔で錠前を開けた。

蔵の戸を開けると、アズキが「きゃん」と叫んで飛び出してきた。

千切れるように尾を振りながら、庄之助と絹の足元を駆け回る。だらりと伸びた舌の色が真っ赤になって、息が荒い。

「アズキ、だめよ。あなた、押さえてくださいな」

絹がやんわりとアズキを押し返し、胸の赤ん坊を隠すように抱いた。

「アズキ、やめろ。林太郎に近付くな」

庄之助が、絹の足元からアズキを引き離す。

アズキはしばらく抗っていた。

が、さすがに一晩中鳴き喚いて疲れ切ったのだろう。庄之助の腕に抱き上げられると、ようやく諦めた様子で身を落ち着けた。

「中を見せてくれ」

凌雲は提灯を掲げて、足早に蔵の中へ進んだ。

窓のない蔵の中は、昼間でも真っ暗闇だ。

蔵の中は、小便の臭いが立ち込めていた。

尿意によって一ヵ所にまとめて大量の小便をしたならば、こんな強い臭いにはならない。おそらくアズキは蔵の中のさまざまな場所で、小便を撒き散らしてしまったに違いない。

「壁を調べてみよう」

凌雲は十畳ほどの蔵の中をぐるりと一周した。足元を提灯で照らす。

「お美津、壁にアズキの小便の跡はあるか？」

凌雲は美津に訊いた。

「いいえ。壁には小便を掛けていないようです」

美津は目を凝らしながら、慎重に答えた。

「なら、次は足元だ」

美津は蔵の中を見回した。すると今度は土間づくりの床にいくつも小さな水溜りがあると分かった。

「アズキは、床に小便をしてしまったようですね」

美津の言葉に、凌雲は難しい顔で「うむ」と頷いた。

その場にしゃがみ込んで、慎重に小便の水溜りを検分する。

「庄之助さん、一つお聞きしたいことがあるんです」

美津は背筋を伸ばした。庄之助に向き合う。

「はあ、何でしょう？」

庄之助は首を傾げた。

「赤ちゃんが生まれて一月後に、この家に何があったのか教えてください」

一息に訊いた。

「い、いきなり、何の話ですか？　アズキのことと、どう関係があるんです？」

庄之助は一歩後ずさりをした。目をしばたたかせる。額にわっと汗が滲む。何かを隠しているとすぐにわかった。

「動物の異変には、必ず理由があります。アズキが粗相をするようになったきっかけが、あるはずなんです」

美津は畳みかけた。ちらりと凌雲を振り返る。

「いや、でも、それはきっと別の話ですよ。まったくもって、たいしたことじゃありませんからね」

庄之助が歯切れの悪い口調で誤魔化した。

「教えてください。アズキのために大事なことです」

美津はきっぱりと言い切った。

庄之助は息を吞んだ。己の腕の中のアズキの顔に忙しなく目を向ける。

「……この子が生まれて一月後に、この家に泥棒が入ったんです」

ふいに絹が口を開いた。

「お、おいっ」

庄之助が慌てた様子で絹を振り返った。客商売の店が盗賊に入られたということは、決して縁起のよい話ではない。人の噂を気にして、これまでひた隠しにしていたのだろう。

「あなた、お話ししましょう。アズキのためです」

絹が小さくかぶりを振った。

「《山吹屋》に代々伝わる骨董を、根こそぎ盗られてしまいました。ですがそんなことよりももっと恐ろしかったのは、骨董が置いてあったのが、林太郎の部屋のすぐ隣の、内蔵だったということです。一つ間違えればこの子が攫(さら)われていたかもしれないと思うと、私たちは肝が潰れるような心持ちがいたしました」

絹は赤ん坊に頬を寄せた。

「それは、怖い思いをされましたね」

美津は心から言った。

己の住まいに泥棒が入ったというのは、ひどく怖ろしいことだろう。

それも赤ん坊がすやすや眠っているすぐ隣で、盗賊が内蔵を荒らしていたなんて。想像するだけで背筋が冷たくなる。

「そのとき、アズキはどうしていましたか？　泥棒が入ったことには、気付かなかったのでしょうか？」

もしも毛玉堂の三匹の犬たちだったら、盗賊が一歩敷地に足を踏み入れた途端に家中に響き渡るほどけたたましく吠え立てただろう。

「アズキは今年で十になります。もう目も鼻もほとんど利きません。若い頃のアズキならば、怪しい者が通れば、すぐに飛び起きて吠え立ててくれたはずでしたが。泥棒が入った夜は、私たちと一緒にぐっすり眠り込んでしまっていました」

庄之助が、アズキに寂しげな目を向けた。

「悪いが、もう一度アズキを診せてくれ」

凌雲が急に割って入った。

庄之助の腕の中で目を細めるアズキに、顎の下からゆっくりと手を差し伸べる。

アズキは平静な顔で、時折庄之助の様子を窺うだけだ。嫌がる素振りも見せず、凌雲に触られるままになっていた。

凌雲はアズキの身体中を確かめるように、同じところを幾度も触る。

「……そうだったか」

しばらくの沈黙を破った凌雲の声は、苦し気に震えていた。

「アズキ、済まなかった」

凌雲は、小首を傾げるアズキの頭を愛おし気に撫でた。

「お美津、手伝ってくれ。すぐにアズキに手技を行う。革手袋は持ってきたな？」

凌雲は素早く美津を振り返った。

「は、はいっ。きちんと、ここに……」

美津は大きな風呂敷包みから、牙を突き立てられて穴だらけになった革手袋を取り出した。

五

「最初に言っておく。私が良いと言うまでは、決してアズキに近付いてはいけないぞ」

凌雲は、いつになく鋭い声で庄之助に念を押した。

美津は閉め切った庄之助の部屋に、晒布を敷いた。腕捲りをしてアズキを待ち構えた。

「は、はあ。いったい、何を始めるおつもりなんですか？」

庄之助は青い顔をして、凌雲と美津を交互に見遣った。

「あなた、大丈夫よ。凌雲先生にすべてお任せしましょう」

絹が落ち着いた声で言った。数歩下がって、赤ん坊と共に部屋の隅でこちらをじっと見守る。

「それではアズキをお借りしますよ。さあアズキや、こっちにおいで」

美津は出せる限りの柔らかい声を出して、庄之助からアズキを受け取った。

心ノ臓が妙な動悸を刻まないようにと、大きく息を吸って吐く。

美津が気負っていると、動揺がそのまま動物に伝わってしまう。

「アズキやアズキ、お前は、とってもいい子ね」

でたらめな節をつけて歌う。口の端をぐっと上げて笑顔を作った。

革手袋に覆われた手で、アズキを力強く胸に抱く。己の胸板をアズキの身体の側面にべたりと押し付けるような格好だ。

それまで泰然としていたアズキが、異変を察して大きく藻掻(もが)いた。

空を跳ねた二本の前脚を、素早くはっしと摑む。関節を曲げて身体を小さくまとめる。

後ろ脚は床を踏みしめさせた状態で、両膝で挟み込む。

脚の関節を曲げ伸ばす余裕があってはいけない。我を失って跳ね上がると、脚をどこかに引っ掛けて骨を折ることもある。

アズキの身体はとても小さい。だが押さえつける美津のほうは渾身の力だ。

押さえる力に少しでも迷いがあると、逆に万が一の怪我の率が高くなる。

ほんの数瞬で、美津の額にじっとりと汗が滲んだ。

「すぐに終わるぞ」

凌雲はアズキに向かって声を掛けた。下腹部に手を伸ばす。

アズキが喉笛を鳴らすような悲鳴を上げた。

「凌雲先生！　駄目だ、駄目だ！　止めてください！　アズキが死んでしまいますよ！」

庄之助が立ち上がった。

「近寄るなと言っただろう！」

凌雲が一喝した。

アズキの尿器に手を伸ばす。

「ぎゃあ！」

アズキが可愛らしい顔を般若のように歪めて、苦痛の悲鳴を上げた。

「アズキ！　ああ、どうしよう！　アズキ、アズキや……」

庄之助が涙声で叫んだ。

「お美津、アズキの脈はどんな様子だ？」

「速く刻んでいますが、悪い乱れはありません」

美津は歯を食い縛って答えた。

「そうか。なら、これで終わりだ」

凌雲が素早く身を翻して脇に寄った。

美津はアズキの身体を前方に押し出すようにして、一気に手を離す。

アズキは転がるように真正面に向かって駆け出した。迫りくる床の間の壁に危うく頭をぶつけそうになって、やっと我に返ったように周囲を見回した。

「アズキ！　私だ！　こっちへおいで！」

庄之助は、アズキに向かって両腕を広げた。

アズキは一目散に庄之助に駆け寄ると、腕の中でぶるぶる震えて尾を丸めた。

「お美津、怪我はないな」

凌雲がほっと息をついて訊いた。

「はい。凌雲さんも」

凌雲は小さく笑って頷いた。

動物を保定する時は、人のほうも常に大怪我の危険ととなり合わせだ。

何より動物からの攻撃に気を付けなくてはいけないのは、押さえつけていた手を離す時だ。

家をしっかり閉じ切ってから、動物の真正面に一番目立つ逃げ道を開けてやる。そうすれば、その場から逃げるために遮二無二暴れ回る事態を防ぐことができる。

ほとんどの動物は、己よりも大きな図体をした人の姿に怯えている。

手を離すと同時に、わかりやすい逃げ道を作ってやる。そうすれば、どれほど痛い手技をした後でも、動物が仕返しのように襲い掛かってくることはまずない。

美津と凌雲の二人で、幾度も肝が冷えるようなしくじりをした上で編み出した方法だ。

「凌雲先生、説明してください。アズキに何をしたんですか？」

庄之助が怯えすぎて毬のように丸まったアズキを、胸に抱えた。

「見ろ。これが、アズキの尿道に詰まっていた石だ」

凌雲が、綿の上に載せた米粒ほどの大きさの白い小片を示した。

「アズキの尿道に、石が詰まっていたんですか？　こんな硬そうなものが詰まっていたら、小便をどうやって出すんだか……」

庄之助が、はっと気付いた顔をした。

「凌雲先生、もしかしてアズキは、ただ石が詰まっていてうまく小便をすることができなかったってだけで……」

庄之助がアズキをぐっと抱き直した。

「そうだ。アズキは尿道に詰まった石のせいで、常に小便を出すことに苦痛を感じていた。だが小便は膀胱にどんどん溜まっていく。自ずと気を抜くと垂れ流しになる」

「牡犬が己の意思でどこかに小便をするときは、片足を上げた姿勢を取って、少しでも高い位置にかける場合が多いんです。でもアズキは蔵の内壁に一度も小便をつけていなかったので……」

美津は付け加えた。

「つまりアズキは、まともな状態の牡犬とは違った、ってことですね？」

庄之助が目を見開いた。

「アズキが小便をするときは、牡なのに牝のように腰を落とした姿勢だったと考えられた。そこでアズキの心ではなく、身体の異変に気付いたんだ」

凌雲が美津に顔を向けた。目で頷く。

「アズキが病を抱えていたせいで、粗相をしてしまったのはわかりました。でも、どうしてアズキは林太郎ばかりを追いかけ回したのでしょう？　林太郎の産着やおもちゃにまで……」

庄之助が眉根に皺を寄せた。

「アズキは、赤ん坊のそばにいなくてはいけない理由があったんだ。朝から晩まで、赤ん坊にぴたりと張り付いていなくてはいけない理由がな」

凌雲がアズキに優しい目を向けた。

アズキが名を呼ばれて胸を張った気がした。

「もしかして、アズキは林太郎を盗賊から守ろうと……」

庄之助の顔が歪んだ。

「アズキは高齢でもうほとんど目が見えない。匂いだけを頼りに赤ん坊を探しては、常にその場に身を寄せていいたんだ」

凌雲の言葉に、美津は盗賊に入られた翌朝のこの部屋を想像した。

庄之助が頭を抱え、絹は怯えて震え上がっている。皆で血相を変えて赤ん坊の無事を確認し、涙ながらにほっと胸を撫で下ろす。

しばらくの間、この家の皆はいつまた盗賊が戻ってくるかと憂慮して、ろくに眠れない日々を過ごしたに違いない。昼夜構わず、幾度も幾度も、赤ん坊の無事を確かめずにはいられなかっただろう。

アズキはそんな家族の不安げな姿を、しっかりと見守っていた。

「……アズキは若い頃、とても頼りになる犬でした。こんな小さな身体をしているのに、夜に裏道を人が通ると、すぐに力いっぱい吠えて知らせてくれました。いつだって家族を守ろうとしてくれたんです」

アズキを抱き締める庄之助の腕が震えた。

「アズキ、悪かった。お前の心を、私はまったく取り違えていたんだ」

庄之助がアズキの毛並みに顔を埋めた。アズキがふさふさした尾で、庄之助の身体をはたりと叩いた。

凌雲がゆっくりと瞬きをした。

「お美津、帰るぞ」

「は、はいっ」

慌てて手技に使った道具を片付ける。よいしょ、と声を出して風呂敷包みを背負った。凌雲の背を追いかけて急いで駆け出す。

「凌雲先生、お待ちください」

後ろから絹の声が聞こえた。

凌雲が足を止めた。

「ありがとうございます。凌雲先生のお力で、私たち家族は救われました」

絹が腕の中の赤ん坊をしっかりと抱き直した。絹の背後でアズキを抱いた庄之助が、深々と頭を下げた。

凌雲が振り返った。両腕を前で組んだ仏頂面だ。

「礼ならお美津に言ってくれ。お美津が忠言をしてくれなければ、私は思い違いをしたままだった」

口元をへの字に結んで、ぶっきらぼうな声だ。

「えっ?」

絹の目が見開かれた。

「お美津さんがご忠言を……？」

絹は凌雲を見据え、次に美津に眼を巡らせた。

「この家の皆さんは、アズキのことを大好きだと感じたんです。みんながお互いを大切に思い合っていると。だから私は、思わず……」

美津はたどたどしく答えながら、両手で己の頰を押さえた。

凌雲の言葉に、頭の中が真っ白になっていた。頰が焼けるように熱い。

絹が眉を下げて微笑んだ。

「ありがとうございます、お美津さんのおかげです」

美津に向かってゆっくりと会釈をする。

「凌雲先生、良い方と結ばれましたね」

絹が凌雲を見つめて、ほっと息を抜いた。

そのとき、赤ん坊がきゃっ、きゃと声を上げて笑った。小さな掌を頭上に差し伸べる。

庄之助に抱かれていたアズキが、慌てた様子で身を引き締め、赤ん坊にまっすぐな目を向けた。

凌雲が赤ん坊を覗き込んで、目を細めた。

「……いい子だ」

覚えずという様子で、赤ん坊の頰に人差し指を伸ばしかける。

美津の目に気付くと、苦笑いを浮かべて頭を搔いた。

六

《山吹屋》からの帰り道、小名木川(おなぎがわ)沿いを二人で黙って歩いた。

夕刻の空に五本松の影が浮かび上がる。川を上る行徳船(ぎょうとくぶね)の舳先(へさき)に、早くも赤い提灯が掲げられていた。

「おやおや、凌雲先生でございますね！　これは、奇遇でございますな！」

朗らかな声に顔を上げると、向こうから使用人を引き連れた《沢屋》宗兵衛がやってきた。

「あら、《沢屋》さん。お久しぶりです」

美津は頭を下げた。

「これはこれは、お美津さんもお揃いで。トラジの件では、たいへんお世話になりました。私どもは、凌雲先生を《沢屋》の恩人と心から感謝しておりますぞ」

宗兵衛が慇懃な口調で言った。

「トラジとお琴は、達者にしているか？」

凌雲が訊いた。

「もちろんでございますとも。お琴の嫁入りを控えて、《沢屋》は大わらわでございます。良いことは重なります。ずっと気がかりだった件も、無事に解決いたしました」

宗兵衛が相好を崩した。と、急に肩を竦めて周囲を見回す。

「ここだけの話。今朝方、下男が盗賊を捕まえたんですよ。お琴にちょっかいを出していた新助って男。最近また、日本橋で顔を見たって話を耳にしたもんでしてね。父としては泡を喰って、屋敷の陰に寝ずの番を幾人も置いておりました。それが、まんまと我が家の裏口に入ったところを……」

「まあ、新助は盗賊だったんですね！　そういえば、お琴さんが不審な点を問い詰めたら、しどろもどろになって逃げ出した、怪しい男だったと聞きましたね……」

美津は指先を口元に当てた。

「大名の女中や、大店のおぼこ娘に近付いて、屋敷の内情を探るのが、新助って奴の手口だったみたいですよ。大名家でも商売人でも、名のある家は何より恥を恐れます。誰しも、己の屋敷に泥棒が入ったなんて話を、決して口外しませんからね。《山吹屋》さんが泥棒に入られていたことも、新助を捕まえてみて、初めて知りました」

宗兵衛が「おうっと」と呟いて口を掌で押さえた。

美津と凌雲は顔を見合わせた。

「きっと、お絹さんが話していた泥棒のことですね」

「なんだ、お二人は《山吹屋》の件をご存知でしたか。なら良いのです。私が口を滑らせたってわけじゃあございませんからね」

宗兵衛が額の冷や汗を拭う真似をした。

「新助が隠れ家を白状して、《山吹屋》さんから盗まれたものが、見つかったんですね」

「はい、《山吹屋》の名の入った大量の骨董品。山のようなお宝が見つかりました。若旦那にお知らせすれば、どれほどお喜びになるかと……」

宗兵衛は頭の中でそろばんを弾いている顔で、にんまりと笑った。

「それは良かった。きっと、《山吹屋》さんは大喜びですよ。早くお知らせしてあげなくちゃいけませんね」

「新助が貯め込んだお宝は《山吹屋》のものだけじゃございませんよ。例えば、小網町にございます姫路酒井家の御世嗣……」

宗兵衛はほとんど終わりまで言ってから、わざとらしく、はっと口を噤んだ。

「まあ、酒井家の小網町のお屋敷にまで……」

播磨姫路酒井家の世嗣といえば、酒井忠以のことだ。

大名の家に泥棒が入ったなぞ知られては、面目が丸潰れだ。使用人の一人に至るまで厳しく口を封じたに違いない。

「くれぐれも、ご内密になさってくださいよ。では、私共は先を急ぎますので、これにておいとまいたします」

宗兵衛は上機嫌で念を押すと、軽い足取りで去っていった。

七

「ああ、お美津ちゃん、凌雲先生！　おかえりなさい！」

生垣の前で、閉じた雨傘を握った仙が待ち構えていた。

空は今にも雨が降り出しそうに真っ黒だ。

「お仙ちゃん！　そこで待っていてくれたの？　さあさあ、中に入って」

仙の青ざめた顔つきからすると、善次が見つかったわけではなさそうだ。だが、大事な話を持ってきてくれたと一目でわかった。

「善次について、何かわかったのか？」

凌雲が前のめりに訊いた。声が嗄れている。

「政さんから、ぜんぶ聞いたよ」

仙が大きく息を吐いた。

「ぜんぶ……って、善次の素性がわかったの？　政さんがお仙ちゃんに教えてくれたの？」

美津が訊くと、仙は静かに頷いた。

〝政さん〟の名を聞いても、顔つきは変わらない。まっすぐにこちらを見る。

「いつものようにのらりくらりとかわされたところを、今度という今度は決して引き下がらないよ、って問い詰めたのさ。あんたが私を信じないってんなら、私だってあんたを信じられやしない。嫁入りなんてこっちからお断りだよってね」

「それで、善次はどこの子なんだ？」

凌雲が割り込んだ。

「とんでもない話ですよ。命を懸けても、善次を必ず探し出さなきゃいけません。あの子は……」

その時、空に稲妻が走った。続いて地鳴りのような音。鼻先で雨粒が弾ける。

「きゃっ！　お仙ちゃん凌雲さん、まずは家に入りましょう！」

ぽつり、ぽつり、と落ちてきた雨垂れは、ほんの一瞬で滝のような大雨に変わった。

三人揃って、慌てて縁側から部屋へ上がった。猫のマネキがするように、身体中を撫でて丹念に雨粒を払う。

「季節外れの雷だな。嵐になりそうだ」

凌雲が空を睨み付けた。

背後で忙しなく走り回る爪の音が聞こえた。

「ん？　あんたたち、どうしたんだい？」

仙が部屋の奥を振り返った。

「犬は、雷が嫌いなのよ。雷の音に怖がっているんだわ」

三匹の犬が真っ赤な舌を出していた。目を見開いて身体中を揺らし、荒い息を吐いている。蔵から出してやったばかりのアズキと同じ、怯え切った様子だ。

稲妻がぴかっと光った。

「ぎゃん！」

白太郎が悲鳴を上げて、仙に飛び付いた。

前脚を空回りさせて藻掻きながら、どうにかして仙の懐に逃げ込もうとする。

「ちょ、ちょっと、やめておくれよ。着物が破けちまうよ。今、私たちは、大事な話をしているんだよ。あんたの臆病心に構っている場合じゃないよ！」

仙は尻餅をつきそうになりながら、どうにかこうにか身体を起こした。

「白太郎、やめろ」

いつもなら犬たちは、凌雲に一喝されればすぐにしゅんとなる。

だが白太郎は、尚も執拗に仙に身体を押し付ける。

「おやめよ！　犬は犬同士、抱き合ってぶるぶる震えておいでよ！」

仙が白太郎を邪険に押し返した。我を失った白太郎の剣幕に、かなり気が引けている様子だ。

行き場を失った白太郎は、部屋の中をうろつき始めた。黒太郎、茶太郎も続く。

「雷が鳴るといつもこの調子かい？　犬ってのは、図体のわりに臆病だねえ。それに比べて、マネキの悠然とした落ち着きといったら……」

マネキは行李の上にちょこんと鎮座して、焦り狂う犬たちを冷たい目で眺めている。

「どんな犬も、雷だけは大の苦手みたいなの。雷が鳴っているときは、誰彼と構わず人に飛び付いて守ってもらおうとするわ」

犬たちは、ぐるぐると同じ場所を回り続けている。美津は少し可哀想に思いながら答えた。

善次がここにいたならば、雷が終わるまで家族皆で、がっしり抱き合って笑って過ごせたものを――。

空に再び閃光が走った。今度はかなり近い。

数瞬の後、大人でも身を縮めるような大きな音が鳴り響く。

「きゃん！　きゃん！」

犬たちが次々に庭へ駆け出した。

「ちょ、ちょっと、あんたたち！　戻ってきなさい！」

美津は慌てて飛び上がった。

外は桶の水をひっくり返したような大雨だ。

犬たちが万が一にも生垣を乗り越えて、表に逃げ出してはたまらない。着物がずぶ濡れになるのはもう諦めて、草履を引っ掛けて駆け出した。

直後、犬たちは一斉に縁の下に飛び込んだ。

「凌雲さん、犬たちが……」

屋根のある部屋からわざわざ外に逃げ出した犬たちが、再び暗くて狭い縁の下に入るなんて。

美津が凌雲を振り返ったその時、聞き覚えのあるか細い泣き声が聞こえた。

「善次!?」

大声で叫んで、水溜りのできた地面に顔を擦り付ける。

「白太郎、黒太郎、茶太郎。これはただの雷さまだよ。静かに、静かにしておくれよう」

縁の下の暗がりの中から、善次が啜り泣く声が聞こえた。

「善次！　そこにいたのか！」

凌雲が、犬たちを蹴散らすように縁の下に飛び込んだ。

「善次、あんた……あんた！　ずっとこの家の縁の下に隠れていたのかい？　そりゃ、どこを探しても、見つからないはずだよ！」

仙が両掌で心ノ臓を押さえて、大きく息を吐いた。

泥まみれの凌雲が縁の下から現れると、その腕にはしっかりと善次が抱かれていた。

八

「善次、お腹が減っているでしょう？　この二日間、ご飯はどうしていたの？」

美津は、善次の濡れた頭に頬擦りをした。

「あ、えっと、それは、真夜中にこっそり台所に忍び込んで、犬たちの餌を分けてもらいました」

善次は気まずそうに言った。

「ずっとこの家にいたのね!?　私はてっきり、どこか遠くでひとりお腹を空かせているんだとばかり……」

美津は安堵の涙を浮かべた。

「私たちが外を探し回っている間、同じ家の軒下にずっと善次がいたのか。だから夜中に善次が台所に上がってきても、犬たちは異変を教えてくれなかったんだな」

凌雲が苦笑いを浮かべた。

「ああ、良かった！　政さんに伝えなきゃ！　すぐに迎えに来てもらうよ！」

仙が己の心ノ臓を掌で幾度も撫で下ろす。

善次がびくりと身を震わせた。

「ねえお仙ちゃん、まだ聞いていなかったわ。善次はどこの子なの？」

美津は善次を膝の上に乗せた。背中からぎゅっと抱く。熱い身体だった。

「この子は、さる高貴な方の御落胤さ。駒込片町の百姓の家で人目を避けて育てられていたところを、お家騒動のごたごたに巻き込まれて、命を狙われる羽目になっちまったんだよ」

仙が声を潜めた。

善次の身が強張った。

「善次が御落胤ですって!? 政之助さんが任されていたってことは、よほど身分の高いお武家さまの隠し子ってことなの?」

美津は目を剝いた。

「身分が高いだなんて、そんな甘っちょろいもんじゃないよ。この子は西ノ丸若年寄の飛騨守さまを通じて、倉地の家に見守りを命じられたってのさ。姫路の乗っ取りを企む駿河守が隠密を使って、市井に引き取られた善次を探しているってね。噂を聞きつけた政さんが、善次を育ての親のところから、己の目の届く谷中感応寺境内にある、毛玉堂へ移したんだ」

「飛騨守に駿河守って……、お仙ちゃん、じゃあ善次は大名家のお坊ちゃんってこと!?」

美津は悲鳴を上げた。

「この家ならば、倉地家の者が、入れ替わり立ち替わり善次を見張っていることができるからね。さらに〝お江戸で一番の別嬪〟の私が同じ境内の《鍵屋》にいれば、怪しい噂話はすぐに政さんの耳に入るってからくりさ。春信に私の絵を描かせたのも、政さんが《鍵屋》にお江戸中の人を集めよう、って計画だったのさ」

仙は得意げに言ってから、はっとした顔をした。

「おっといけない。今話したことは忘れておくれよ。政さんに怒られちまうよ」

仙がわざとらしく頭を搔いた。

小名木川沿いで《沢屋》宗兵衛から聞いた話が胸を過った。

仙の話がすべてほんとうなら、善次は、播磨姫路酒井家の跡継ぎを狙うお家騒動に翻弄されている御落胤ということだ。

「ねえお仙ちゃん、じゃあ善次は、すぐにまた他の家に移されることになってしまうの？　そうやってずっと隠されて生きて行くの？」

美津は不安な心持ちで訊いた。

「春信が他言しないにしても、危うく素性を見破られそうになっちまったことは間違いないだろう。善次の命を守るためには致し方ないよ。この子はこれまでもずっと、そうして生きてきたのさ」

仙の答える声も力ない。

いつの間にか、膝の上の善次が地蔵のように微動だにしない。

はっとして顔を覗き込むと、善次が顔を真っ赤にして、静かに涙を零していた。

「善次、泣かないで。いい子よ。いい子」

毛玉堂へ来たばかりの頃、まるで赤ん坊のように毎晩泣きべそをかいていた善次の姿を思い返す。

クチナシの生垣の前で、涙を零していた顔。

あのとき目にした人影は見間違いなんかではない。倉地家からの使いの者だろう。

己の素性を明かすこともできず、命を狙われてたらい回しにされる日々は、どれほど孤独だっただろう。毛玉堂から離れたくないと軒下に潜んでいた善次の心を思うと、いじらしさに目頭が熱くなった。

こんな小さな身体に、なんて悲しい宿命を抱えて生きてきたのだろう。美津は大きくため息をついた。

ふいに凌雲が顔を上げた。善次を真正面から見据える。

「善次、我儘もたいがいにしろ」

凌雲が低い声で言った。

「凌雲さん、どうしてそんな冷たいことを……」

美津は仰天して、膝の上の善次をひしと抱き締めた。

善次の身体が強張っている。

「急に姿を消したお前のことを、どれほどの人が探し回ったと思っている。よほど深刻な理由があるかと思えば、素性が知られて他の家に行くことが恐ろしいだと？　倉地の者に命を賭して守ってもらっている身でありながら、何を腑抜けたことを言っているんだ」

凌雲の頬が薄らと赤らんでいた。

「で、でもおいらは、凌雲先生とお美津さんから離れたくなくて……」

善次が凌雲に縋るような目を向けた。口元が甘えようとするように緩んだ。

「言い訳はいらない」

凌雲がぴしゃりと切り捨てた。

美津と仙は顔を見合わせた。

善次が両掌で口を押えた。

「うっうっ……」

善次が声を殺して泣き出した。

「凌雲さん、そんなことを言っては善次がかわいそうです。善次は胸の内を私たちに打ち明けることもできず、どれほど憂慮を抱えていたか……」

美津は眉を下げた。鼻の奥で涙の味を感じた。

仙が善次の背に眼を向け、済まなそうに顔を伏せた。

「知らん。お仙、政之助に、明日の朝一番に善次を迎えに来てくれと伝えてくれ」

凌雲は言い放つと、そっぽを向いて奥に立ち去った。

九

美津は行燈の灯を吹き消した。

凌雲と善次に三匹の犬、この刻限はマネキもまだ部屋にいる。

皆が思い思いに寝そべっているところに、最後に美津が横になって搔巻を被った。

降り注ぐ雨の音がしとしとと聞こえる。部屋の中はたくさんの生き物の熱で、ほんのりと暖かい。

「善次、あんたはこれから先もずっとうちの子よ。またいつでも会えるわ」

美津は善次の手を握った。

「お美津さん、凌雲先生、ありがとうございました。この御恩は忘れません」

善次が小声で呟いた。ちらりと凌雲に縋るような眼を向ける。

凌雲は振り返りもしない。

「水臭い話はやめてちょうだいな」

美津は天井を見上げて、善次の掌をぎゅっと握った。覚えずして涙が零れそうになるのをどうにかこうにか抑える。

初めてこの家に来たときの、善次の姿を思い出す。

「おいらは、善次ってんだよ！」

緊張しきって強張った顔に、鋭い眼。

あれから半年、この家にはたくさんの笑顔があった。

マネキがのそりと立ち上がり、その場で一回りしてからまたとぐろを巻く。

黒太郎と茶太郎のいびきが聞こえる。白太郎だけがその場でもぞもぞと、身の置き所を探している。

「善次、お前には絵の才がある」

凌雲が急に口を開いた。

「えっ？」

善次が凌雲に顔を向けた。

凌雲が、善次のもう片方の手を乱暴に握ったとわかった。

「命は一度きりだ。己の宿命を嘆いている暇なぞない。ただその場を懸命に生きろ」

凌雲がはっきりと言った。

顔を揃えてこちらを向く美津と善次を気にしてか、ぷいと逆を向く。

白太郎が尾を振って立ち上がった。身を捩って、善次と凌雲の身体の間に寝そべろうとする。

「白太郎、いい子だね」と善次が囁くと、白太郎の尾がぱたぱたと鳴る音が響いた。

「なんだ白太郎、重いぞ、あっちに行け」

凌雲に押し返されて、白太郎は善次の懐に潜り込んだ。

「わかりました」

しばらく黙ってから、善次が良く通る声で答えた。子供らしい力の漲った返答だ。

善次は、美津と凌雲と握り合った手を一度揺らした。

美津は善次の掌をしっかりと力を込めて握った。

そのまま三人で天井を見つめていると、ふと、善次の身体いっぱいに籠っていた熱がすっと冷めた。

美津も一緒になって気が遠くなる。

ほどなくして深い寝息が聞こえてきた。

「おやすみ、善次」

耳元で美津が囁くと、善次がほんの僅かに掌に力を込めた。

凌雲の衣擦れの音が聞こえる。

「……凌雲さん、泣いているんですか？」

美津は含み笑いで声をかけた。

「泣いてなぞいない。風邪で洟水が気になるだけだ」

凌雲がぶっきらぼうに答えた。

「善次と過ごした日々は、とても楽しかったですね」

美津は天井の板目をじっと見つめた。

善次が「うーん」と寝言を呟いて、案外乱暴な力で二人の手を振りほどく。

しばらくごろん、ごろん、と大きく寝返りを打つ。白太郎の腹に顔を埋めてようやく落ち着いた。

美津は善次の頭ごしに、そっと凌雲の手を取った。

凌雲の指先が強張った。息を潜めているのがわかった。

美津の胸の奥に、暖かいものがふんわりと過った。

「お美津、また両国へ行こう。今度は見世物小屋に入って、その後でもう一度、別の店で幾世餅を喰おう」

凌雲が掠れた声で呟いた。

「はいっ、もちろんです。それから桜が咲いたら、大川で舟に乗って花見をしましょう」

美津は付け加えた。

握り合った手の間を身をくねらせて通り抜けたマネキが、「にゃあ」と一声鳴いた。

十

暦の上ではようやく春になったが、朝方はまだまだ寒さが残っている。

美津は鋏を握るかじかんだ手に、はあっと息を吹きかけて温めた。

クチナシの生垣に鋏を入れる。つま先立ちになってぱちんぱちんと鋏を鳴らして、形を四角く整えていく。硬く分厚い濃緑の葉は、冬の間にあちらこちら枝を伸ばしていた。

「白太郎、危ないから向こうに行っていなさい。顔に枝が落っこちてくるわよ」

尾を振ってこちらを見上げていた白太郎が、数歩後ずさってその場に腰を落とした。

「よしよし、いい子よ」

振り返ると、縁側に凌雲の姿があった。懐に湯たんぽがわりのマネキを抱いて、難しそうな書物を開いている。

雀が数羽、庭先に飛び降りてちゅんと鳴いた。

「おっ、マネキ、どうした？　わっ！」

凌雲が声を上げた。

マネキが急に身を捩って、凌雲の腕から飛び降りようと藻掻いたのだ。雀の姿を見て、咄嗟に身体が動いてしまった様子だ。

雀たちが慌てて飛び立った。

「お美津、来てくれ。着物を破かれた」

書物を脇に置いた凌雲が、情けない声を出した。己の二の腕あたりをしきりに気にしている。

「まあまあ、お怪我はありませんか？」

鋏を飛び石の上に置いた。縁側へ駆け寄って凌雲の着物を検分する。

「あら、こんなに大きな穴が……」

このところマネキの爪を切り忘れていたせいだ。小袖の布地に拳が入りそうなくらいの裂け目ができている。

マネキは素知らぬ顔で、毛づくろいの最中だ。

「縫ってくれ」

凌雲が肘を張った。

「はっ?」

美津は首を傾げた。

しばらく考えてから、はっと気付いた。ぷっと吹き出した。

「凌雲さん、破れた着物を着たままで、穴を縫ってもらう人はいませんよ。いくら縫物の名人の私でも、そんな怖いことはできません」

美津は凌雲の背をぽんと叩いた。指先に朗らかな温もりが伝わった。

「そういうものなのか?　面倒だな」

凌雲が、決まり悪そうに肩を竦めた。

「ちゃちゃっと仕上げますからね。さあ、お着替えしましょう!」

凌雲の背に手を回し、着替えを手伝いかけたところで、声が聞こえた。

「おうい!　お美津ちゃん!　いるかい?　いるよね?」

仙が生垣の隙間に着物を引っ掛けながら、飛び込んできた。

慌てて凌雲から身を離す。

「まあ凌雲先生、今日もいい朝でございますね。あらっ、もしかして私はお邪魔でしたかね?」

仙が好奇に満ちた目で、美津と凌雲を交互に見た。

「お仙ちゃん、おはよう!　相変わらずの別嬪さんね!」

美津は大きな声で割って入った。

「なんだい、急にやめておくれよ。恥ずかしいだろう」

仙は嬉しそうに片頬に掌を当てた。

「そうそう、今日はね、お美津ちゃんと凌雲先生にぜひ知らせたい話があって来たんだよ！　朝の忙しいこの刻に、養母の目を盗んでお屋敷を抜け出して……」

「旗本の養女に入っての行儀見習いは、どんな調子だ？」

凌雲が可笑しそうに訊いた。

いよいよ倉地家への嫁入りが決まった仙は、少し前から倉地家と同格の旗本、馬場善五兵衛(ばんばぜんごへえ)家の養女となった。養母から倉地家の奥方に相応しい行儀作法を叩き込まれる毎日だ。

「堅苦しいなんてもんじゃないですよ。いつだってみんなに看視されて、片時だって気が抜けないんですから」

仙はうんざりした顔で己の肩を叩く。

「それで今日は善次の話だよ」

仙が美津に向き直った。

「まあ、ぜひ聞かせてちょうだい？　あの子、達者にしているの？　今はどんな家で暮らしているのかしら？」

美津は身を乗り出した。

あれから善次を忘れた日は、一度もない。寂しい想いをしていないか、毛玉堂を恋しがって泣いているのではないかと、毎晩寝る前に善次の顔を思い出していた。

「ここのところ、日本橋《沢屋》で新助って盗賊が捕まった、って噂で持ち切りだったろう？

その男が、奉行所で駿河守との繋がりがあったと白状したらしいのさ。市井で暮らしている善次を攫って、亡き者にするように命じられていた、ってね」

美津は、はっと凌雲と顔を見合わせた。

「そんな話が公になったら、播磨姫路酒井家の大騒動だよ。善次は急遽小網町のお屋敷に正式に引き取られることになったのさ。おそらく養子って体裁を繕って、隠し子を人目につかない手元に置いておこうって算段だろうね」

「まあ、じゃあ善次は、実の父親のところで、大名の坊ちゃんとして……」

美津は息を呑んだ。

これまで町の子だった善次が屋敷で暮らすのは、窮屈この上ないはずだ。実の父親に引き取られたとはいっても、生まれも身分もあまりにも違う。抱きついて甘えることは敵(かな)わないだろう。

しかし大名屋敷の中にいれば、命を狙われることはそうそうない。いろんな家をたらい回しにされて、追手から逃げ続ける一生を送らずに済む。望むなら、落ち着いて絵を学ぶこともできるに違いない。

「凌雲さん、きっと平気です。善次はとても強い子ですもの」

美津は、凌雲の背にそっと触れた。

「ああ、そうだな」

凌雲が大きく頷いた。

「……ってここからが大事な話」

仙がにやりと笑った。

もったいぶった仕草で、懐から巻物を取り出す。

「私の養母が、ある人に絵を習っていてね。大名家に出入りしているって箔がついている、武家の奥方の間では高名な師匠さ。その師匠を通じて、これが届いたんだよ」

巻物をするすると広げて、美津と凌雲に示す。

「まあ、善次！」

美津は頬を綻ばせた。

巻物に描かれているのは、美津と凌雲、それに数限りない動物たちの姿だ。

白太郎、黒太郎、茶太郎、マネキ。そろばん馬の竹馬に、あばれ猫のトラジ、春信のところの耳麻呂とサビ。死んでしまったコタロウや先代クロベエの壮健な姿もある。

どの動物も、まさに目の前にいる姿をそっくり写し取ったようだ。

動物たちはどれもが、まったく心の摑みどころのない顔をしている。黒目がちの瞳はあらぬところを眺め、口元は、笑顔でもなければへの字に結ばれているわけでもない。

ただ水の中を揺蕩(たゆた)う魚のように、静かにその場にいるだけだ。

それなのに動物たちは、生き生きと動いて見えた。

己の命を真っ正直に生きて、命あるこの時を存分に味わっている姿に見えた。

美津と凌雲の姿も動物たちと同じだ。大仰な心の動きなど見せず、ただその場に立っている。

だが、二人の手はしっかりと結ばれていた。

「子供のくせに、色気づいた絵を描きやがって」

凌雲が頬を赤らめた。

「絵描きになるってんなら、このぐらいませてるぐらいがいいんですよ。凌雲先生みたいな奥手じゃあ女は描けません」

仙が含み笑いで、美津に目配せをした。

「お仙ちゃんったら……」

美津は庭先に目を遣った。

善次と出会った日を思い出す。柔らかい面影が胸に沁みる。

だが同時に笑顔が浮かぶ。腹の底から力が湧き出るような、明るい笑顔が浮かぶ。

「凌雲先生！　お頼み申します！」

生垣の向こうから、また誰かの声が聞こえた。

謝辞
本書を執筆するにあたり、獣医師の加藤琢也先生にご協力をいただきました。
たくさんの貴重なお話を、本当にありがとうございます。
尚、作中に誤りがある場合は、すべて作者の力不足・勉強不足によるものです。

参考文献
『犬と猫の行動学　問題行動の理論と実際』　ヒトと動物の関係学会 編　学窓社
『犬と猫の行動学　基礎から臨床へ』　内田佳子　菊水健史 著　学窓社
『動物行動学』　森裕司　武内ゆかり　南佳子 著　インターズー
『臨床行動学』　森裕司　武内ゆかり　南佳子 著　インターズー

本書は書き下ろしです。

泉ゆたか
IZUMI YUTAKA
1982年神奈川県逗子市生まれ。早稲田大学卒業、同大学院修士課程修了。2016年に『お師匠さま、整いました!』で第11回小説現代長編新人賞を受賞しデビュー。軽妙な筆致と、立体的な人物造形が注目の若手女性作家。他の著作に『髪結百花』がある。

お江戸(えど)けもの医(い) 毛玉堂(けだまどう)

2019年7月22日　第1刷発行

著者　泉(いずみ)ゆたか
発行者　渡瀬昌彦
発行所　株式会社講談社
〒112-8001 東京都文京区音羽2-12-21
電話 出版03-5395-3505／販売03-5395-5817／業務03-5395-3615
本文データ制作　講談社デジタル製作
印刷所　豊国印刷株式会社
製本所　株式会社国宝社

Printed in Japan ISBN 978-4-06-516464-8
N.D.C 913 254p 19cm